プロローグ

新宿にそびえ立つ高層ビルの最上階。ＩＴ企業として名高い金田産業の広々とした会議室で、武田倫太郎は上座《かみざ》を見据えた。ひと呼吸置き、その視線の先にいるダブルのスーツに身を包んだ、仁王のような顔の偉丈夫に向けて口を開く。

「は企業価値の低い会社に高い**デューデリ**〈1〉をつけ、本来より安く買った
利益を出し、決算を粉飾した。違いますか」

が終わらぬうちに仁王の顔が歪《ゆが》み一喝する。

「情《ぜい》がなにを言い出すかと思えば、そんな言いがかりを！」

これは言いがかりではありません。事実です」

！」

が叫んだ。すると倫太郎の背後から低い声が響く。

〈1〉デューデリ
買収を検討している企業の詳細を調査し、リスクとリターンを適正に把握すること。デューデリジェンス（Due Diligence）の略

「人の上に立つ者が妄《みだり》に取り乱すでない。愚か者めが」

耳にした者すべてを震え上がらせるような威厳に満ちた声に、倫太郎は、臓腑《ぞうふ》に石を突っ込まれたかのような圧を感じた。

「この金田産業で、クライアントであるわしに法を犯したなどという誹謗《ひぼう》中傷《ちゅうしょう》をして、ただで済むと思っているのか！」

金田は大声で喚《わめ》いた。たしかにクライアントの意向のもと利益をもたらすのがコンサルの仕事だ。とはいえ、この言われようは納得できない。

「此《こ》の者、将の器に在《あ》らず。只《ただ》、怒りをぶつければ人は従うと思っておる。彼《か》の柴田勝家もそうであった。猛将などと呼ばれ浮かれる者、己《おのれ》の力のみを過信し滅びる。倫太郎、追い込んでやれ」

背中からの声が倫太郎を後押しする。胃の腑あたりをドンと殴られたような衝撃を感じ、嫌な汗が滲《にじ》み出た。

「誹謗中傷かどうかは、買収した会社の価値を冷静に見直してから判断すべきかと」

「必要ないッ、終わったことだ！」

金田は大柄な身体を揺すり、分厚い手のひらでテーブルを何度も叩《たた》いた。

「そんなのは監査法人がやることだ！　お前の仕事じゃない!!」

「わかりました。では監査法人に問い合わせいたします」

「だ・か・ら！　お前にそんなことをする資格はない！　この会社はわしのものだ！　お前のような若造に指図される覚えなどない！」

金田のあまりに横暴な態度に、倫太郎の中でなにかが弾けた。

「金田社長。そのお言葉はいかがなものかと。金田産業は大勢の株主が支える上場企業です。社長の所有物ではありません。違いますか」

「貴様……」


「倫太郎、其奴《そやつ》とだけ話しても埒《らち》があかぬ。周りをよく見よ。

この様子を見るに、家臣に必ず其奴を憎む者がおる。ほれ、隣の小男をよく見よ。唇の端が僅《わず》かに歪んでおる。己の主《あるじ》が責め立てられる様《さま》を楽しんでおるじゃろう」

城を落とすは敵の結束の乱れを突くが上策じゃ。

声に導かれ視線を金田の右隣に向けると、貧相な身体の男が、たしかに口元を緩め興味深そうに金田の顔を盗み見していた。副社長の水上だ。

「水上副社長は、どうお考えですか」

倫太郎の問いかけに水上は一瞬、驚いたような表情を浮かべたが、すぐに顔を引き締めた。そして軽く息を吸うと、

「もちろん弊社の処理は適法と考えますが、問題があったとすれば……」

噛《か》み締めるようにゆっくりと返答した。さらに言葉を続ける。

「当然、経営責任が……」

「水上！　余計なことを喋《しゃべ》るな！　おいッ、伊志嶺《いしみね》！」

慌てた様子で金田は水上を睨《にら》みつけ、水上の隣に座る男を指さした。伊志嶺と呼ばれた男は弾《はじ》かれたように背筋を伸ばし、機械仕掛けの人形のごとく立ち上がった。

「財務本部長としては、なにも問題ございません！」


「此奴《こやつ》は織田家での佐久間信盛のようじゃの。主君の顔色を窺《うかが》うばかりの無能者故《ゆえ》相手にせんでええ。その横の部長とやらは、頻《しき》りに身体を揺すり肚《はら》が据《す》わっておらぬ。あれを詰めよ」

倫太郎は、伊志嶺の隣に座る男に視線を移す。

財務部長の西村だ。

「西村部長」

「は、はい」

「この買収した会社、マリーンシステムの**試算表**〈2〉を見せてもらえませんか」

「試算表ですか……」

西村は目をぱちぱちさせた。

「マリーンシステムには15億の価値がついていますが」

倫太郎は鞄《かばん》から資料を取り出した。

「昨期のマリーンシステムの売上が8千万、最終決算は2千万の赤字です。取り立てて新しい技術を持っているような事実もない。どうすれば15億もの価値がつくのでしょうか」

「それは……」

西村の顔が歪み、明らかに動揺の色が浮かんだ。

「マリーンのシステムは、まだ研究開発の途中だ。来年から本格始動する！」

なにか答えようとした西村を遮《さえぎ》るように、金田が割って入る。

「西村さん。私はあなたに聞いています」

「金田の言葉は切って孤立させよ。さすれば事は動く」

〈2〉**試算表**
決算報告に使う資料のもととなる、詳細な内容が記載された表倫太郎は金田に視線を移さず、まっすぐに西村の目を捉えた。

「なんだと！」

興奮した金田は、今にも倫太郎に掴《つか》みかかってきそうだ。

「西村さんは財務部長として、この取引のおかしさに気づいていたんじゃないですか。上場会社は公器です。ここでごまかすのは犯罪の片棒を担ぐのと同じ。あなたは会社だけでなく自分の身も守るべきだ」

「自分の身……」

西村は腕組みをした。

「**西村ッ!!**」

金田のこめかみに、みるみる血管が浮かび上がっていく。
「最早《もはや》、其処迄《そこまで》じゃ」
倫太郎の背後から聞こえる声は、冷徹であった。
「将たる者、誤りあれば責を負い兵を救う。兵を救わぬ者、将に非《あら》ず」

「会社のトップは、なにか誤りがあれば責任を負って組織を救う役目があります。そして組織あればこそのトップです。組織、従業員を守らず、己だけを守ろうとする者が留まってはなりません」

「貴様ァ！」

金田は倫太郎の胸ぐらを掴んだ。

「金田社長！」

副社長の水上が突然立ち上がった。その語気の鋭さに金田は一瞬怯《ひる》んだが、みるみる顔を朱に染め上げ、水上を睨みつけた。

「なんだ！　水上！」

「武田さんのおっしゃる通りです。マリーンシステム買収の件は前々からおかしいと思っていました」

「貴様……誰に向かって……」

「我々には株主に対する責任があります！　問題があれば正す。それが取締役の務めです」

「偉そうに……」

「西村くん！　君の見解を正直に言いたまえ。責任は問わない」

水上は諭《さと》すような口調で西村に言った。

「かかかか、裏切者が動いたの。これで仕舞《しまい》じゃ。

将は窮《きゅう》地《ち》に至れば粛々と判断・決断せねばならぬ。

それに家臣は常に我が身の目付を頼み、意見を賜り、我が身の善悪を聞き万事心につける。そういう家臣を持たず己を戒める心掛けすら無い故、こうして裏切られるのじゃ」

「正直に申し上げますと、マリーンシステムには5億どころか1千万の価値もないと思います。あくまでも決算対策ということで財務本部長から……、無理に……」

「西村ァアアアアアア――――!!!」

金田は白目を剥《む》き、後ろにひっくり返った。

「やれやれ。これでお役目は果たせたか……」

すべてが終わり、広い会議室で倫太郎がぼそりとひとりつぶやいた。ずっしりとした疲労感が全身にのしかかる。

「あの者、差し詰め所領没収のうえ切腹といった処《ところ》か」

黄金の着物で身を包み、色黒でしわくちゃな顔をした男。

小柄ではあるが纏《まと》うオーラは周囲を圧する。この**貧困層から天下人に成り上がった英傑は、目の前のソファにどっかと座っている。**しかし、その姿は倫太郎にしか見えない。

「殿下。この時代に切腹はありません。会社を追い出されるくらいです」

倫太郎は恭《うやうや》しく答えた。こんな時代がかった言葉がなんの違和感もなく出てしまうほどの威厳が、この男にはある。

「なんじゃ。またぞろ同じことを起こすぞ。将に情けは不要。一族郎党、**悉《ことごと》く根絶やしにせよ。将は其の覚悟で生きねばならぬ」**

男は物騒なことを言う。倫太郎は苦笑した。

「それは殿下の時代のことです。今はよほどの悪事に加担しないかぎり死刑になどなりません。まして家族や親せきが同罪になることもないのです」

「其れならばやりたい放題ではないか。秩序が保てぬ」

「そうかもしれませんが、殿下の時代ほど治安は悪くないので……」

「訳の分からん時代じゃの。儂《わし》に言わせれば糞《くそ》のようじゃ」

天下人はしわくちゃな顔を、さらにしわくちゃにして鼻を鳴らした。

「それにしても……。金田社長は強烈なカリスマとバイタリティーで組織を引っ張ってきた人物です。まさか、あんなに簡単に裏切者が出るとは……」

「あの者は勇将だが良将に非ず。

己が力を過信し家臣や周囲の者を顧《かえり》みぬ。其の内、身に迫る危険すら感じぬように成《な》るものじゃ。はて……儂の近くにも、そのような者が……」

金田の顔を思い返し、倫太郎は溜め息をついた。今回は彼を追い詰めるのがタスクだったが、あまり気持ちのいい仕事ではない。とはいえ、あそこまで不遜な男なら相当な余罪があるだろう。それは決して許されるものではないとも思った。

「どうした？　同情したのか？」

「いえ」

倫太郎は首を振った。

「金田社長は公器である上場企業を、いつまでも我が物のように考えていました。それは間違いですし、糺《ただ》すのに躊躇《ちゅうちょ》はありません。ただ、あまりにうまくいったので……」

「負けると思わば負ける。勝つと思わば勝つ。逆になろうと人には勝つと己に言い聞かさねばならぬ。

儂は、上杉謙信であれ武田信玄であれ、この儂には敵《かな》わぬと信じておった。彼奴《きゃつ》らが生きておれば必ず家臣にしたであろう」

「すごい自信ですね」

倫太郎の口から思わず言葉が出てしまったが、この男が生涯で成したことを思えば当然だ。溢《あふ》れ出る自信、オーラ、そして見る者を惹《ひ》きつける器の大きさ。すべて桁違《けたちが》いだ。これほどスケールの大きい男を、倫太郎は見たことがなかった。

「**倫太郎。**人の差は、前に出るか出ぬか。

人より早く働き、人より速く決断し、

人より大きく広く物事を見る。

其れだけじゃ。お前は知恵がある。が、狭い。

己の正義では人は動かぬ。人は理屈でなく利で動く。

其れを忘れるな」

もしも豊臣秀吉
ビジネス小説

がコンサルをしたら
眞邊明人・著
サンマーク出版

他人の考えを聞いた後に出る知恵は

真《まこと》の知恵に非ず

豊臣秀吉

1

浅草こがね庵の事業継承

1

「今年は暑くなるなぁ……」

開け放たれた窓から外を見ながら、武田倫太郎はうんざりした調子でつぶやいた。西新宿にある雑居ビルの3階。窓の外に見えるのはコンクリートの壁だけだ。8坪ほどの狭い事務所には机が2台。倫太郎の机にはうず高く書類が積まれ、缶コーヒーや缶ビール、お菓子の袋が散乱しタバコの灰や吸い殻まで落ちている。

倫太郎は今年で36歳、独身だ。よれよれのワイシャツの袖を腕まくりし、折り目がない短めの黒いスラックスを膝上までまくり上げている。天然パーマの髪に無精《ぶしょう》髭《ひげ》で清潔感とはほど遠いが、つぶらな瞳に長いまつ毛を蓄え、しかも鼻筋が通っているため、身なりを整えればそれなりに見えるだろう。長身の身体を窮屈そうに屈《かが》め、椅子に収めている。

「いい加減クーラーつけたら」

窓の外をぼんやりと見ている倫太郎の背後から、乱暴に扉を開ける音とともに声がした。ハスキーな若い女の声だ。

「電気代がもったいない。今月、まだ売上ないからな」

倫太郎は声のほうを見ずに答えた。振り向かなくとも誰かはわかる。妹の恋だ。

「売上ないのはアタシのせいじゃないし、暑いと仕事の効率悪くなるでしょ！」

背後で古いエアコンが変な音を立てて動き出した。そして窓が閉められる。

「またここでタバコ吸ったでしょ！」

倫太郎は舌打ちし、ようやく恋のほうに身体を向けた。金髪に黒いキャミソール、ホットパンツにハイヒール。いかにもギャルというファッションだ。今日は大きなサングラスを頭に乗せている。恋は22歳。都内の女子大に通う4回生だ。

「お前、今日、大学じゃなかったのか？」

「休講になったのよ」

恋は、倫太郎とは腹違いの妹だ。倫太郎の父親は、ちょうど23年前に母と倫太郎を残して家を出た。恋は父親の再婚相手との子である。父親は入婿だったため、母と離婚が成立してからは旧姓の山内に戻していた。したがって恋の姓は山内。山内恋である。

ふたりは3年前に他界した父の葬式で初めて顔を合わせた。

「いくらボロいビルだからって一応、禁煙なの知ってるでしょ。吸うなとは言わないけど喫煙所に行ってよ」

恋は文句を言いながら鞄からノートパソコンを取り出し、起動するまでに長い髪を手早くまとめた。倫太郎のどこが気に入ったのか、1年ほど前から倫太郎の仕事を手伝っている。

「コンサルなんて辞めて、もう少しお金になる仕事したら」

コンサルタント。

最近でこそ日本でも聞き慣れた職業となり、学生の人気職種になったが、仕事はピンからキリまである。大企業の経営方針策定に加わり莫大な報酬を得る仕事もあれば、中小企業の顧問となり僅かな月額契約料を貰う仕事もある。内容も採用からリストラ、現場の具体的な仕事のアドバイスまで、さまざまだ。弁護士や会計士のように明確な職域ではないため、実態がわかりにくい仕事の一つでもある。

「武田経営研究所、なんて名前からダサいし」

恋はパソコンの画面を覗《のぞ》き込みながら、倫太郎に言った。

「俺がつけたんじゃない」

倫太郎は鼻を鳴らした。武田経営研究所は倫太郎の祖父が設立し、コンサルタントという言葉が日本に入る前から経営指南を行う会社として知られていた。その祖父が亡くなってからは、祖父の弟で専務だった武田勝治が独立して創設した「タケダコンサルティング」が日本で有数のコンサル会社に成長し、武田経営研究所はすっかり寂《さび》れてしまった。ほぼ休眠状態だった武田経営研究所を倫太郎が継いだ形だ。

「年に数本しか仕事ないのに、よく食べていけるね」

「誰かのもとで働くくらいなら、死なない程度に生きていたほうがマシだ」

倫太郎はめんどうくさそうに答えた。

「そもそも兄やんは、この会社継ぐまでなにしてたの。継いだの2年前でしょ」

恋はふと思い出したように尋ねた。倫太郎は自分のことを話したがらない。根掘り葉掘り聞いて、やっと一つ二つ答える程度だ。恋がアルバイトと称して事務所に出入りするのも、倫太郎の過去を聞き出したいからのようだ。それがなんのためなのか、倫太郎は深く考えないようにしている。

「いろいろだ」

「いろいろって?」

「生きていくために心を殺して手足を動かした。そんなところだ」

「具体的には?」

「そのうち教えてやるさ」

「えー。今教えてよ」

恋は鼻をふくらませて口を尖《とが》らせた。その仕草がなんとも愛らしかったが、倫太郎は素知らぬ顔で机に積まれた週刊誌を無造作に取り上げ、ページを繰った。真剣な顔で水着姿の女優のグラビアに目を落とす。

電話が鳴った。

どこか壊れているのか、年季の入ったビジネスフォンが調子外れの音を鳴らす。

「出てくれ」

倫太郎はグラビアから目を離さず言った。恋は溜め息をつき受話器を取った。

「武田経営研究所です」

恋は高い明るい声で電話に出た。それまでのしゃがれ声とはえらい違いだ。しばらくやりとりを続けてから受話器を置いた。

「仕事が決まったよ！」

「仕事？」

「タケダコンサルティングから！」

倫太郎は思い切り溜め息をついた。

「なに嫌そうな顔してんの！　そもそもタケダコンサルティングからしか仕事来ないじゃな

BLACK

い。ありがたく思いなさいよ」

恋は声を歪ませた。今の武田経営研究所は、タケダコンサルティングからの紹介以外に仕事はない。

「そもそも兄やんは営業しないんだから」

「俺は営業マンじゃねぇ。コンサルタントだ」

「だったら、さっさと仕事しなさいよ！」

恋は、机に置いてあったぺちゃんこの鞄を手に取り、それを押し付けた。

「今から、すぐに打ち合わせしたいそうよ」

倫太郎は舌打ちした
「今から？　俺は、今すぐとか急ぎとかいう言葉は大嫌いだ。そんなに生き急いでなんになる。俺にとっての〝すぐ〟は明日の昼以降……」

「つべこべ言わず、さっさと行く！」

2

「お呼びたてして、すみません」

六本木交差点からほど近い高層ビルの最上階にワンフロアを借りきる、タケダコンサルティングの社長室。大きな窓から見下ろす街並みは壮観だ。

この部屋の主はタケダコンサルティングの若き総帥、武田信次郎。30歳という若さで巨大コンサルティング会社を継いだ信次郎は、その秀麗な容姿とスタンフォード大首席卒業の抜群の知性、そしてカリスマ性で、いまや日本の経済界の中心人物と言ってもいい。倫太郎とはいとこの関係にある。

「武田経営研究所の唯一のお得意先だからな。なにをおいても駆けつけなきゃならんだろ」

貴公子然とした信次郎を前にすると、必要以上に劣等感を覚える自分が腹立たしくなる。倫太郎は乱暴に、応接ソファに身を沈めた。

「金田産業の件では、お世話になりました」

信次郎は穏やかな微笑《ほほえ》みを浮かべて、倫太郎に対面するソファに腰掛けた。信次郎は誰に対しても尊大な態度をとることはないが、倫太郎にはつねに丁寧な対応をする。それがまた倫太郎にとっては腹立たしいのだが。

「金田社長は追放、後任はバレンタイン氏が就任か。思い通りだな」

「それもこれも兄さんのおかげです。金田さんには我々も手を焼きました。創業者としての功績は素晴らしいですが、あれ以上社長の椅子にしがみつかれては、せっかくの金田産業という企業の価値が毀損《きそん》されてゆくばかりです。その金田さんに引導を渡した手腕は、さすが兄さんです」

信次郎は深々と頭を下げた。

「その兄さんはよせ。俺はお前の兄貴じゃない」

信次郎は、倫太郎のことをいつも兄さんと呼ぶ。信次郎の父は、倫太郎にとって叔父に当たる。ひとりっ子の信次郎は幼少期から倫太郎を兄と慕っていた。そのころは倫太郎も信次郎を実の弟のようにかわいがっていたが、大人になり、ふたりの関係が社会においては逆転すると、倫太郎は、その呼ばれ方をひどく嫌うようになった。

「私にとって、兄さんは兄さんですよ」

なにを言っても信次郎は笑みを浮かべ穏やかに言葉を返す。倫太郎は溜め息をついた。

「それで、金田産業はヴァンガード・テクノロジーソリューションズと合併させるのか？　バレンタインの社長就任は、その布石だろ」

新社長に就任したバレンタインは、ヴァンガード・テクノロジーソリューションズでCTOを務めた人物である。

「その通りです。金田産業の基盤技術とヴァンガードの先端技術が合わされば、そのポテンシャルは世界に冠たるものになります」

「ヴァンガードの意向を受けて頑《かたく》なな金田社長のクビを俺に切らせたというわけか。さぞかし儲《もう》かることだろうな」

「私は売上のために動いたわけではありません。あくまでコンサルタントとして企業価値を最大化させるのが目的です」

「結構なことだ」

倫太郎は鼻で嗤《わら》った。どのみち、この合併でタケダコンサルティングが巨額の利益を得ることは間違いない。

「嫌な仕事をさせてしまい、申し訳ありませんでした」

倫太郎の表情から心情を察したのだろう。信次郎は顔を引き締め、深々と頭を下げた。

「お前にとって、俺は都合のいい駒だからな。せいぜい役に立ってよかった」

自分でも反吐《へど》が出るほど卑屈な言葉が口をついた。信次郎を前にするといつもこうだ。ぬぐいきれない劣等感に苛《さいな》まれる。

「兄さんを駒などと思ったことはありません。私が最も信頼する人です」

信次郎は冷静に答えた。しかし、その目は冷ややかである。それがまた倫太郎の癇《かん》に障る。

信次郎は最近、その冷ややかさが際立ってきたように思う。

「金田社長は自らの功績を盾に会社を私物化した。たとえ創業者であっても、それは許されない。だからこそ俺は仕事を受けた。しかし、お前にとっては利益を生むための手段だ。その意味では俺は駒だ。違うか？」

「もし兄さんがそう思われたなら、私の不徳の致すところです。本当に申し訳ありません」

信次郎は再び頭を深く下げた。その信次郎の後頭部を倫太郎はしばらく睨みつけていたが、微動だにしない信次郎の姿勢に溜め息をつく。いつもこうして丸め込まれてしまう。

「で、今度の仕事は？」

会話を進めざるを得なく、倫太郎は不機嫌なまま口を開いた。その言葉を聞いて信次郎は頭を上げた。

「ある企業……いや、会社と言ったほうがしっくりきますね。そこの立て直しをお願いしたいのです」

「ほう。久しぶりにコンサルらしい仕事だな」

倫太郎は唇を歪めた。このところ信次郎が倫太郎に依頼するのは、金田産業のときのようなコンサルらしからぬ仕事ばかりだった。コンサルタントは本来、クライアントの意向を受けて企業の成長に寄与するために存在するものだ。

「浅草に、こがね庵という和菓子屋があります」

信次郎は立ち上がりデスクから資料を取ってきて、それを倫太郎に手渡した。

「先代が亡くなって、今は若い二代目が継いだところです。事業継承あるあるですが、二代目の方針と先代から会社を支えてきた従業員とがうまくいかず、業績が低迷しています」

「なるほどな……」

倫太郎は資料に目を通しながら苦笑した。資本金1千万、年商は1億ほどの典型的な中小企業である。

「タケダコンサルティングが扱うほどの仕事ではないということだな」

「そういうわけではありませんが、兄さんにぜひ引き受けてほしいのです」

信次郎は立ち上がると深々と頭を下げた。仕事の小ささが自分への評価に思え、倫太郎の顔に少なからず不満が出ていたからだろう。

「タケダコンサルティングでは、日本の経済を下支えしてきた中小企業も活性化させる必要があると考えています。しかし社内には適任がおらず、兄さんの力をお借りしたいのです」

「俺は甘いものは苦手だ。商品のことだってなんもわからんぞ」

倫太郎は突き放すように言ったが、信次郎は頭を下げたまま微動だにしない。信次郎は倫太郎の動かし方を、よく知っている。大きな溜め息をついて、倫太郎は立ち上がった。

「わかったよ。なんとかやってみるさ」

3

「……武田経営研究所……所長……武田倫太郎……」

目の前の女性の視線が、名刺と倫太郎の顔を何度も行き来した。

「こがね庵……代表取締役……田宮天乃……」

一方の倫太郎も、名刺を手に相手の顔と交互に見ている。

こがね庵は、本所吾妻駅に面する都道453号を北に進んで、そこから1本、西側に入った住宅地の一角にあった。店舗ではなく小さな工場のようだ。

「私はタケダコンサルティングの方が来てくださると思ったのですが……」

田宮天乃という女性は困惑した表情を浮かべている。歳のころは20代後半くらいだろう。品のいい紺色の着物にクリーム色の帯を締め、長い艶やかな黒髪を後ろでまとめている。うりざね顔に切れ長の目が印象的だ。女性にしては大柄で、全身に気の強さが表れている。

「まぁ、下請けのようなもんです」

倫太郎はぶっきらぼうに言った。

「コンサル会社に下請けがあるんですか？」

「タケダコンサルティングは、そもそも大企業ばかり相手してますからね。価格が合わんのですよ」

「まぁ」

天乃は呆れたように目を丸くした。

「私は知人の紹介を受けたんですが、天下のタケダコンサルティングさんがそんな失礼なことをするんですか」

「失礼もなにも」

倫太郎は頭を掻《か》いた。

「商売ですからね。むしろ商売上手だから、あそこまでデカくなったとも言える」

倫太郎の言葉に天乃は落胆の表情を浮かべた。倫太郎はそんな天乃に構わず、通された応接室を無遠慮に見渡した。

ソファはところどころ破れており、目の前のテーブルもずいぶんな年代ものだ。そもそも狭い。薄い引き戸の向こうからは機械の音が聞こえてくる。いかにも町工場といった風情で、とてもではないが大したコンサルティングフィーを払う余力はなさそうだ。

「私でご不満なら、ご無理なさらず。帰ります」

倫太郎は腰を上げた。

「いえ、待ってください」

天乃は慌てて倫太郎を押しとどめた。

「ご紹介いただいた方にも申し訳ありませんし、タケダコンサルティングさんから派遣されたのは間違いないですし……これも……もしかしたら……とにかくチャンスは逃したくありません。ぜひ話を聞いてください」

天乃の妙な引き留め方に倫太郎は苦笑しながら、腰を再びソファに下ろした。しっかりしていそうだが案外、せっかちでおっちょこちょいなのかもしれない。

「伺いましょう」

倫太郎の言葉に天乃は笑みを浮かべた。彼女の笑顔はあまりに天真爛漫《てんしんらんまん》で温かく、不覚にも倫太郎の心を浮き立たせた。第一印象は気の強さが前面に出るが、まっすぐで素直な女性なのだろう。

「ありがとうございます。それでは……」

天乃はそう言って席を外すと、小皿を持って戻ってきた。

「まず、これをお召し上がりください」

テーブルに置かれた小皿に目をやると、そこには親指より大きめの和菓子がのっていた。

「これは？」

「うちの新商品です」

倫太郎は小皿を持ち上げ、その和菓子を間近で見た。薄い半透明の皮の中にオレンジ色のものが見える。

「そのまま手にとって、ひと口で」

言われるままに口の中に放り込んだ。求肥《ぎゅうひ》でできた皮を歯で噛み切ると、甘い蜜が溢《あふ》れ、その蜜の中に浮いたオレンジピールの香りと酸味が広がる。同時に、ほのかな苦味を感じた。

「うまいですね」

倫太郎は目を閉じて味わった。

「コーヒーが合いそうです」

「すみません。お茶しか淹《い》れてなくて……」

倫太郎はテーブルの湯呑みを、グイッとあおった。

「お茶も悪くはありません。これは御社の主力商品ですか？」

「はい、〝はるか〟という商品名です」

天乃はうなずいた。

「こがね庵の創業者は父ですが、昨年の初めに病に倒れて私が急遽《きゅうきょ》継ぐことになりました。前職のお菓子メーカーで商品開発をしていたので、新しい和菓子をつくってみたくて。それで、この商品を考えました」

「なるほど」

「前職の上司がＷＥＢや雑誌媒体、テレビ番組制作会社の方を紹介してくれ、それが功を奏したのか、すごくいい評価を得て、売上も一気に伸びて。うちは、こちらが工場で小さな店舗が浅草にあり、売上は店舗での販売とスーパーなどに卸す和菓子で立てています。はるかの評判がよかったので、すぐに他でも売れないかと考えて通販を立ち上げました」

天乃は脇に置いてあったノートパソコンを取り出し、通販のページを開いて倫太郎に見せた。スタイリッシュにデザインされた美しいサイトが目に入る。

「綺《き》麗《れい》なデザインですね」

「これも前職の伝手《つて》でWEBデザイナーを紹介してもらったんです」

ページをしっかり見ると、肝心の新商品の箇所にソールドアウトの文字が。

「売り切れになってますね」

倫太郎は天乃に視線を移した。

「そうなんです」

天乃の表情が曇った。

「需要に供給が追いつかなくて……。まだ職人の手づくりなので数がつくれないんです」

たしかに見た目からも味からも、細かい手作業の感じは伝わってくる。

「なにより職人が、この商品をつくりたくないと言ってまして」

「つくりたくない？」

「最初は試作品の延長のようなものだったので、みんなおもしろがってつくってくれてたんですが、いざ売れ出して需要が一気に増えると、はるかをつくるだけの仕事になってしまい、それは嫌だと……」

「ははぁ……」

倫太郎は腕組みした。

「職人さんたちは、お父さんの代からですね」

「はい」

「職人さんは、あなたの言うことは聞かない頑固者ばかりですか」

「いえ……そういうわけではないんですが……」

天乃は首を傾《かし》げた。

「昔から知っている人ばかりですし、決して悪い人たちではないんです」

倫太郎は、その言葉のニュアンスから、職人に対する必要以上の遠慮を感じた。

「お父さんは、どんな方だったんですか」

「父は職人でした。自分で手を動かす人だったので……」

「なるほど、部下からすると同じ目線で働ける人だったんですね」

「そうですね……たしかに私は職人ではないので、その点では職人さんたちの信頼をいただけないのかもしれません」

「つまり、田宮さんの今の悩みは、その職人さんをどうマネジメントすべきかということですかね」

倫太郎は天乃に尋ねた。

「その通りです。お召し上がりいただいた商品には自信がありますし、うちの職人の腕があればもっと新しい和菓子ができると思うんです。でも私には説得する術《すべ》がなくて……悩んでいたときに知人がタケダコンサルティングさんを紹介してくれたんです。そうしたら引き受けてくださると聞いたので……」

「そうしたら私がやってきた、というわけですね」

天乃の返答にほんの少し違和感を覚えたが、それがなにかは倫太郎にはわからなかった。大したことではないだろう、と倫太郎はタカをくくった。

「どうか、よろしくお願いします」

天乃は頭を下げた。彼女としても不満はあるが、致し方ないと思ったのだろう。まぁ、それはお互いさまだ。

倫太郎は肩をすくめた。

「どれくらいお役に立てるかはわかりませんが、やれるだけやってみます」

その夜、倫太郎は自宅のアパートでひとり、ぼんやりと天井を見上げていた。四ツ谷のちょうど谷底にある古いアパートだ。六畳一間で風呂はない。もう10年以上は住んでいる。ふらりと旅に出る癖があるので家を空けることは多い。こんな安普請を選んだのは維持費がもったいないからだが、理由はもう一つある。

この場所が、ちょうど〝霊道〟に当たるからだ。

「そろそろくるか……」

倫太郎はつぶやいた。倫太郎には、誰にも言っていない不思議な能力がある。

霊を召喚する力だ。

物心ついたころから、倫太郎には普通の人に見えないものが見えることがあった。それが霊と気づいたのは、倫太郎が中学生のころだった。社会科の授業で、歴史好きの教師が熱を帯びて源義経の魅力を語っているとき、倫太郎の席の隣に突然、背の低い出っ歯の小汚い侍が現れた。教師は、義経が飛び抜けた美少年で、いかに格好いいかを語り続けている。

「わし、そんなええもんやあらへん」

出っ歯が歯を剥《む》き出して嗤った。

「まぁ、ええ男や言うてくれるんは、ありがたいことやけど」

驚いて、倫太郎は出っ歯を見た。貧相な男だ。広い額に不格好な丁髷《ちょんまげ》がのっている。驚いた倫太郎はまわりを見渡したが、級友たちは誰も、この小汚い侍に気づいていない。

「小僧。わしが見えるんやな」

出っ歯は嬉《うれ》しそうに、目を丸くして驚いている倫太郎に話しかけた。

「わし、誰や思う？」

出っ歯は、倫太郎の教科書に顔を寄せて、悪戯《いたずら》っ子のように言った。

「わし、源義経」

それ以来、有名無名を問わず、倫太郎の前にさまざまな霊が現れ話しかけてくるようになった。初めは自分の頭がおかしくなったのかと心配したが、そのうち霊と対話することが日常になった。ただ、霊はいつでも現れるわけではなく、倫太郎が霊の集まりやすい場所にいるときに姿を見せるようだった。

霊は倫太郎にとって大切な友人であり、容易に人を信じられない彼の心を癒やしてくれる存在だ。倫太郎の孤独は、父が家を出た日から始まった。その日を境に母は、父の裏切りについて倫太郎に話して聞かせるようになる。飽くことなく呪いのような言葉を繰り返す母を、倫太郎は遠ざけるようになった。母の〝女〟としての部分が、思春期の倫太郎にはひどく汚く見えたのだ。そして優しかった母を変えてしまった父には憎しみを抱くようになった。その結果、誰に対しても異常に強い警戒心を抱き、心を開けなくなったのである。

それゆえ霊に対しても、最初のうちは自分になにか大きな影響を与えるのではないかと恐れていいた。だが霊との付き合い方は回を重ねるにつれ変化し、いろいろなことを共有したり、ともに行動したりできるようになって恐怖は消えた。彼らは死んでいるため、気楽に付き合えることも大きかったのだろう。

そのうち、ある種の期待をするようになった。倫太郎も、心のどこかで信頼できる人間関係の構築を望んでいたからだ。意を決して、霊の言動を利用し友人や親族との関係を変化させようとしたこともあったが、うまくはいかなかった。

そんな倫太郎も、かつてある女性と恋に落ちた。しかし彼女の裏切りで終わった。あろうことか彼女は、倫太郎の数少ない友人と関係を持ったのだ。彼女は倫太郎に、

「あなたは結局、誰も愛していない。あなたは本当は、私のことなんて関心もないの」

と言葉を残し去っていった。そのとき倫太郎のそばにいた紫式部は、こう言った。

「人に裏切られるのではない。裏切られたのは結局、そちもまた相手を裏切ったからじゃ。それはわらわにはどうもできぬ」

紫式部の言葉は倫太郎の心に深く刺さった。

霊は、時に倫太郎に気づきを与えてくれる。だが実行に移すのは倫太郎自身でしかなく、

自分を変えられるのは結局のところ自分自身でしかない。そして倫太郎には自分を変える勇気がない。このことに気づいてから、倫太郎は彼らとの関係を〝遊び〟の延長のようなものとして割り切った。ときおり自分に気づきを与えてくれればいい、という程度の感覚である。

このアパートは十数年前に見つけたのだが、大きな霊道にぴたりと一致していることに気づいて住むことを即決した。


「きた……」

ベッドの上で、倫太郎は身体をブルッと震わせた。霊が身体を通るのがわかる。息を止め、力を入れる。そして次の瞬間、一気に抜く。

「うわー、なんかせみゃあところじゃな」

ベッドの脇で大きな声がした。身体を起こすと、頭の薄い小柄で色黒の男がいた。申し訳程度だが丁髷があるため、どうやら江戸時代以前の男のようだ。

「それにきたねぇのう。おみゃあは、ちと無精もんじゃの」

身長は150センチ台だろう。色黒でシワだらけの顔から真っ白な歯がのぞく。粗末な着物を着ているが、不思議と不潔な感じはない。ただ、どちらかというと人間よりサルに近い。

「しまった……早すぎたか……」

倫太郎は舌打ちした。力を抜くのが少し早かったようだ。

「あんたは？」

倫太郎はサルのような男に尋ねた。


「わしか。わしゃ木下藤吉郎いうもんじゃ」


男は、その小柄な身体からは想像できない大声で答えた。

「やっぱり」

最近、倫太郎の霊を召喚する能力が高まっている。

前回、豊臣秀吉が降りてきて難しい案件をこなせたので今回もと考え、思惑通り秀吉の霊にアクセスはできた。しかし引き寄せるタイミングが早すぎたのか、天下人になる前の秀吉になってしまったらしい。

秀吉は、それまで会った霊とはまったく違った。

威厳と明快な思考、なによりもその雄大で明るい人柄に魅せられたし、秀吉なら自分の人生を変えられるのではないか、と期待した。その証拠に秀吉は、これまでの霊と違い一緒にいるだけで、ひどく心身に疲労を感じた。他の霊であれば、つねに一緒にいてもなんの負担もなかったが、秀吉とは日に2時間ほどしかいられなかった。

明らかに自分の観察力と状況判断に強烈な影響を与えていたのだから、当然か。

「あんたは今、どの家に仕《つか》えている？」


「尾張の風雲児と呼ばれる織田上総介《かずさのすけ》信長様のもと足軽大将を務めておる！　足軽大将じゃぞ!!」


藤吉郎は自慢げに答えた。

「まぁ、仕方ない」

倫太郎は肩を落とした。信長に仕えていたころなら英傑の兆しも見え始めているだろう。

「それもおもしろいか」

倫太郎がつぶやくと、藤吉郎はみるみる顔を真っ赤にした。


「なにが仕方なくて、なにがおもしろいじゃ！」

歯を剥き出しにして怒鳴った。どうやら怒っているらしい。

豊臣秀吉はサル顔ではあったが周囲を圧する威厳があり、その態度や語気も天下人らしい迫力があった。しかし目の前にいる藤吉郎は威厳どころか、どこからどう見てもニホンザルだ。倫太郎は苦笑しながら頭を下げた。

「申し訳ない。どうか俺に大英傑・木下藤吉郎殿の力を貸してくれ」

考えてみれば、今回の仕事は吹けば飛ぶような零細企業が相手だ。であれば天下人の豊臣秀吉より、織田家で苦労を重ねていた木下藤吉郎のほうが向いているのかもしれない。

「大英傑じゃと！　わぬし、ようわかっておるではにゃーか」

倫太郎のお世辞と丁重なお辞儀に藤吉郎は相好を崩した。これまでの経験上、戦国武将は体面を不思議なほど強く重んじるため〝頭を下げる〟という行為が現代人よりも効果的なことを倫太郎は心得ていた。こうして倫太郎は木下藤吉郎とともに、こがね庵のコンサルティングを始めることになったのである。

5

「工場長の大村です」

「今江です」

「清水です」

「福浦です」

「黒木です」

5人の男たちが倫太郎の前に立っていた。

「今日から、うちのコンサルタントとして来ていただいた武田さんです」

甘い香りに満たされた薄暗い和菓子工場内で、天乃が紹介した5人の男たちは無表情のまま頭を軽く下げた。明らかに反発の色が見て取れる。

「ありゃあー。こりゃ、だいぶ嫌われとるのう」

倫太郎のそばに立つ藤吉郎が、薄い頭を掻きながら楽しそうに身体を揺すった。もちろん倫太郎以外に、その姿は見えない。幽霊は夜に出ると思われがちだが、実際は昼夜問わず現れる。藤吉郎は興味津々といった体で大村たちを見る。

「コンサルタントってのはなにする人ですか？　わしらのような職人に関係ありますか」

工場長の大村が倫太郎に向かって言った。歳のころは還暦を過ぎたくらいか。がっちりした体型で白髪頭を短く刈り込み、大きな黒縁の眼鏡をかけている。肩書きは工場長だが、要はこの大村が職人をまとめているのだろう。

「うーん。まぁ、皆さんがもっと仕事をしやすいようアドバイスをする仕事というか……」

倫太郎は答えた。コンサルティングでは経営課題を扱うことが多いため、経営者や経営幹部には話がしやすい。だが現場の社員からすると、余計なことを言い出す厄介者と思われがちだ。大村の反応は案の定、素っ気ないものだった。

「そうですか」

そのひと言のみで押し黙った。

大村が口を閉ざすと、隣にいた清水という男が口を開いた。長身で痩せ型、大村と同じくらいの年齢だろう。

「ほしたら仕事にかかってもええやろか」

清水は倫太郎と目を合わせず天乃に向かって言うと、もう背中を見せていた。清水の動きにつられるように、他の面々も、のろのろと仕事場に戻っていく。最後まで残っていた大村も特に言葉を発することなく、その場を離れた。

「ははは、こりゃいかんの。**わぬしの策は外れたのぅ。ま、あん連中は言葉では動かん**」

藤吉郎は、愉快そうに大村たちの仕事ぶりを見ながら言った。

「**綺麗なおなごじゃの〜。ちょいと骨太じゃが、それもえい**」

応接室に移り倫太郎の正面に座った天乃を見て、藤吉郎が好色そうな表情を浮かべた。さすがは女好きに定評がある英傑だ。倫太郎は、そんな藤吉郎を無視した。

「これから、どうすればいいですか」

天乃は困った表情で倫太郎に尋ねた。

「日増しに私への反感が強まっている気がして……」

天乃の言葉に倫太郎は腕組みした。言葉で説得できるような相手ではないことは、対面してわかった。

「タケダさんご紹介の敏腕コンサルタントさんなら、あの人たちの心もすぐ動かせるんじゃないかと思ったんですけど……」

天乃の言葉にはトゲが混じっていた。

「いやぁ、あれだけ無視されると、さすがに……」

倫太郎は苦笑した。

「それなりに時間はかかります」

コンサルタントは医者ではない。かかれば特効薬が処方されて、すぐに問題が解決するというものではないのだ。

「もちろん、それはわかっていますけど……」

「来ただけでなにかが改善するならコンサルタントなんて必要ありませんよ」

倫太郎は素っ気なく答えた。


「がははは、わぬしは暗いからのぅ。暗いもんが暗いもんと話すんじゃゃから、余計暗くなるもんじゃ」

隣で藤吉郎が楽しそうに笑った。全然楽しくない倫太郎は、不機嫌な顔を浮かべた。その倫太郎の表情を見た天乃は慌てて、

「あの……他に、なにかお気づきになったことはおありでしょうか」

と話題を変えた。倫太郎が自分の言葉で機嫌が悪くなったと勘違いしたのであろう。

「仕事場が汚いの。ありゃ働くもんの心の乱れじゃ」

藤吉郎がソファでふんぞり返りながら言った。

「仕事場が汚い……」

藤吉郎の言葉に、倫太郎は思わず反応した。その言葉に天乃がハッとした表情で倫太郎を見た。そんなことはお構いなしに藤吉郎は言葉を続ける。

「わぬしはそんなことも見ておらんかったんか。床は汚い、仕事場には道具が放りっぱなし、そんなことでえい仕事ができるわけなかろうて」

「道具が放りっぱなし……」

藤吉郎の言葉に倫太郎は思わずつぶやいた。その言葉に天乃が反応する。

「たしかに……父の時代は、いつも道具は綺麗に仕舞われていた気が……」

「道具の乱れは心の乱れじゃ。そこから直さないかん。わしが織田家に仕える前の松下様の家がそうじゃった。皆、己の仕事が終われば仕事場はそのまま。そんなもんで、えい仕事なぞできん。まずはそこからじゃな。それにしてもええおなごじゃの」

藤吉郎は、天乃の顔に見とれながら言った。

「父のときに、きちんとできていたことができていないとしたら、私に信頼がないということですね……」

「そうじゃ、と言うてやれ」

藤吉郎の言葉に倫太郎は従った。

「そうですね」

「やっぱり……」

天乃はうなだれた。

「わしに任せれば、そんなもんすぐ解決じゃ。えいおなごを手に

入れるために、ちょいと気張ってみるか。そう言ってやれ」

藤吉郎の言葉に、倫太郎は顔をしかめた。自分は、そんな大言壮語を吐くキャラクターではない。余計なことを言うなとばかりに藤吉郎のほうをチラリと見る。藤吉郎は悪戯っ子のような顔で天乃のほうにあごをしゃくった。天乃は心配そうに、こちらをじっと見ている。その表情に倫太郎は少しばかり慌てた。

「まぁ……できるかぎり、私も頑張ります……」

「本当ですか！　嬉しいです！」

天乃は顔を上気させて、倫太郎の手を握った。天乃は感情がすぐ表に出るタイプらしい。きっと人に好かれる性格なのだろう。

「**心地えい手じゃなぁ**」

藤吉郎はうっとりとした表情を浮かべた。倫太郎の感覚は憑依《ひょうい》している藤吉郎にも伝わるのだ。鼻の下を伸ばした藤吉郎の顔は、どこからどう見てもサルにしか見えない。

「**倫太郎。わぬし今日から、ここに泊まって仕事じゃ**」

藤吉郎は、まるで主人のように倫太郎に命じた。

6

それから倫太郎は、藤吉郎に命じられるまま〝こがね庵〟の工場に泊まり込んで仕事を始めた。朝は5時に起きて、6時には工場の掃除を始める。

「ええか、掃除いうもんは心を込めなあかん。まずは床じゃ。地面を磨けば土台が固まるというじゃろ」

藤吉郎はつねに大声を上げ、倫太郎に命令する。

「おい！　もっと丁寧に掃け！　ほら、そこに塵《ごみ》が落ちてるじゃろ！　わぬしは目の玉がついてねぇかの！」

「うるさい！　お前は口だけじゃないか！」

朝の6時はまだ誰も来ていない。倫太郎も心おきなく文句を返す。

「そもそも、なんで俺がこんなことしなきゃなんないんだ！」

藤吉郎は呆れ顔で言い返した。

「わぬしはあほだの。あの頑固もんたちの心を掴むには、まずは地道にやるしかないんだで」

「くそ、こんなことなら竹中半兵衛とか黒田官兵衛を召喚すればよかった」

「竹中？　黒田？　誰じゃそれは!?」

「お前の軍師になって天下を取らす優秀な部下だ！」

倫太郎は怒鳴り返した。竹中半兵衛や黒田官兵衛ならきっと、こんなしんどいやり方ではなく、もっと効率のいい方法を教えてくれるだろう。

「わぬし……、ほとほとたわけじゃな」

藤吉郎は鼻で嗤う。

「なんもかんも策だけでうまくいくわけではにゃーで。どんなええ策でもやるのは人じゃ。人が動かにゃ宝の持ち腐れじゃわい」

「策がなければ、どう動いていいかわからないだろ！　お前の仕事は、俺じゃなくて、ここの連中がどうすればいいか指示することじゃねぇか」

「あほたわけ。わしが直接、指示できるならこんなことせんでええ。わしの号令一下、一糸乱れず動くであろう。問題は指示をわぬしが出さねばならぬちゅうことじゃ」

藤吉郎は、不貞腐《ふてくさ》れている倫太郎の顔を覗き込むように言った。

「ええか。どんな軍師の策でも、うまくいくのは兵がまとまっとるからじゃわい。兵をまとめるのは軍師の仕事じゃねぇわ。大将の仕事だで」

「大将は俺じゃないだろ！　田宮さんだ！」

「あんおなごは、まだだめじゃ」

藤吉郎は散らかったままの道具を見てつぶやく。

「なんでだよ！」

「あん男どもはそもそも、あんおなごを馬鹿にしとるでな。そこであんおなごが頑張って下働きしても、さほど響かん。そこにいくとわぬしは、まだ見知らぬ男じゃから警戒されとる。それだけにわぬしのほうが、あん連中の心を掴むことができるだで」

藤吉郎はそう言うと、

「ぐずぐずせんと働け！　働けば働いただけ、えいことが起こるだで！」

こう言うと、藤吉郎は手足を回しながら怪しげな踊りで倫太郎を鼓舞するのだった。不思議なもので、藤吉郎が隣で喚き続けると、なんとなくその声に乗せられてしまうようだ。仕事場は、あっと言う間に綺麗になった。

「よし。**撤退じゃ**」

藤吉郎は満足そうにうなずいた。

「撤退？」

「あん連中が仕事場に来る前にの」

「どうして？」

大村たちの心を掴むなら、ここでアピールするのもありではないか。倫太郎はそう思ったが、藤吉郎は大きく左右に首を振った。

「まだ初日じゃ。誰がやったかわからんでええ。そもそも、あん連中は、ここが綺麗になったことにも気づくまい。幾日か過ぎてから、誰がやったんじゃろ……いうて自ら気づくほうが連中の心は動く」

「そういうもんか」

倫太郎はうなずいた。正直、このタイミングで大村たちと会うのも気まずかった。

「あとはどうすればいい」

「昼前にしれっと顔を出して、皆の仕事ぶりを見てればえい」

「見てるだけでいいのか」

「そうじゃ。何事も見る。これが最初じゃ。じっと見てればたいてい、なにが正しゅうて、なにが間違いかわかるもんじゃ」

それからというもの、倫太郎は毎朝5時に起き、掃除をして、あとは仕事場で職人たちの動きをじっと見るだけの日々を過ごした。

「ええか！　見とるだけでええ。ただ見るんじゃ」

「メモでも取ったほうがよくないか」

「たわけ。書き物などしとったら、それこそ、わぬしがなにか粗探しでもしておるように思われるわ。ただ見るだけでええ！」

仕方なく倫太郎は工場の隅で、ただ大村たちの仕事ぶりを眺めた。初めのうちは警戒していた大村たちも、そのうち倫太郎の存在を気にしなくなり仕事に集中するようになった。

3日ほど過ぎると、不思議なもので彼らの仕事の分担や責任範囲が理解できるようになってきた。すると藤吉郎は、倫太郎に次のステップを指示した。

「倫太郎。次は道具じゃ」

「道具？」

「道具をどう使うか、その道具は本来どこにあれば便利か考えながら仕事を見るんじゃ」

「藤吉郎はわかってるのか？」

「もちろんじゃ。わしは、あらゆる仕事をよう見てきた」

「じゃ、教えてくれ」

「たわけ！　わぬしが大将としてきゃつらに認められるようにやっとるんじゃ！　わしが答えを言っておったら、わぬしが真からわかったことにならぬわ！」

藤吉郎に怒鳴られて渋々、倫太郎は道具の使い方を中心に大村たちの仕事を見た。大まかな仕事の流れは理解しているので、道具類をどう整理すれば作業効率がよくなるか自然と理解できた。

5日ほど経《た》つと、朝の掃除の際に、それらの配置にも工夫を凝らすようになり始めた。

そして1週間経ったころには、自分の整理がどれくらい現場で役立つか確認するのが楽しくなり始めた。コンサルタントの仕事は〝論理〟や〝分析〟が主で、提案書や報告書という形にまとめるデスクワークが中心だ。こうして身体を動かすのは新鮮でもあり、そこから得られる事実には発見もあった。

「退屈な繰り返しを、毎回考え、なにか試して違う形にするのが仕事ちゅうもんじゃ。それができれば一人前じゃ」

藤吉郎はサル顔を赤らめながら自慢げに倫太郎に言った。

「あんたが毎朝、掃除をやっとるんか?」

10日ほど過ぎたある日、いつものように工場で仕事を見ていた倫太郎に大村が近づいてきた。その眉間にはシワが寄っている。倫太郎は身構えた。

「はい、そうですが」

「どういうつもりかしらんが、そんなことでわしらがあんたになびくとは思わんでほしい」

大村はゆっくりと言った。

「なびくなびかんではにゃーわ。わしはわしの勝手でやっておる。それが嫌なら、きちんと道具を片づけてから帰るがええわ、と言うてやれ」

倫太郎の隣で鼻をほじっていた藤吉郎が、ケロッとした調子でけしかけた。大村の威圧的な態度に反感を覚えていた倫太郎は、藤吉郎の挑発に乗ることにした。

「なびくとかなびかないは関係ないですよ。道具はきちんと所定の位置に片づけてから帰ったほうがいいと思います」

倫太郎の言葉に一瞬、大村は顔色を変えたが、すぐに無表情に戻った。

「それは、その通りかもしれんな」

大村は、それだけ言うと背中を向けて仕事場に戻った。

「効いてきたのぅ」

藤吉郎がニヤリと笑った。

「効いてきた?」

小声で倫太郎が聞き返す。藤吉郎は鼻をほじり、大村のほうへあごをしゃくった。

「粘り勝ちじゃ。あやつ、わぬしを認めたぞ」

「認めた？」

倫太郎は首をひねった。仕事に戻った大村の後ろ姿はいつもと同じく、完全にこちらの存在を無視している。先ほどの会話も到底、フレンドリーとは言えない。

「ああいう奴は素直に感情を言葉にできんもんだで。今日、仕事終わりになればわかる」

この言葉の意味は、すぐにわかった。その日の仕事終わりに、大村が全員に道具の手入れと掃除を命じたからだ。

翌朝、倫太郎がいつものように仕事場に出ると、そこには天乃がいた。

「おはようございます」

天乃は倫太郎を見ると笑顔で挨拶した。

「おはようございます……」

予想外の展開に、倫太郎は戸惑いながら返事をした。天乃にはなにをしているか報告していなかったので、彼女が朝早く仕事場にいるとは思わなかったのだ。天乃は通常、日中は浅草の店舗に出勤している。この工場には夕方に顔を出すのが常だった。

「まだ6時前ですよ」

倫太郎は腕時計を見て言った。

「毎朝、武田さんが工場を掃除してると聞きまして、私も手伝おうかと……」

「誰から……」

「大村です」

天乃は微笑んだ。

「大村さんが……」


「ほれ見ろ。わしの言う通りになったじゃろ」


藤吉郎が隣で鼻をふくらませた。余計なことばかり言うやつだ。

「大村が、大事なことを思い出させてもらったと言ってました。思い返すと父も毎日、誰よりも早く仕事場に入って準備していたなと……だから私も」

天乃は、そう言って仕事場を見渡した。倫太郎が目で追うと、すでに仕事場は綺麗に掃除されていた。

「私がやること、なくなっちゃいましたね」

倫太郎は苦笑いした。天乃は、その倫太郎の手を握った。

「ありがとうございます。私は、今まで新しいことをしなきゃ、なんとか業績を上げなきゃ、とばっかり考えていて、仕事の基本をおろそかにしていました。武田さんのおかげで、それに気づきました。言葉じゃなく行動で示されるなんて、本当にすごいです」

「いや……」

たしかに行動したのは自分だが、指示したのは藤吉郎である。その藤吉郎を見ると、うっとりとした表情で天乃を見ている。


「ええおなごだで……」


倫太郎は大きく咳払《せきばら》いをした。

「さ、さて、それでは次ですが……」

なんとか次の展開に進めそうだ。この案件を引き受けて、もう3週間近く経っているし、できれば早く終わらせたい。

倫太郎はさりげなく藤吉郎を見て天乃の手を離した。

「なんじゃ、**次は抱きしめんかい**」

藤吉郎は倫太郎を睨む。倫太郎は無視した。

「まずは工場の皆さんと、しっかり今後の目標というか……この組織の理念を定めたほうがいいですね」

崩れた組織を立て直すのは、まず共通の目的や理念をつくるのが王道だ。こがね庵に理念というほど大層なものは必要ないかもしれないが、せめて目標は決めたほうがいい。

「従業員の皆さんを交えて話し合いましょう」

「**はぁ!?**」

隣で藤吉郎が喚いた。

「**皆で話し合う? わぬし気でも狂うたんか!? そんなもんは大将が決めることじゃ! 皆で話し合うようなもんじゃにゃー!!**」

藤吉郎はあきれ果てたという体《てい》でひっくり返り足をバタバタさせた。

「ええか！　大将の決めたことに皆がどうするちゅうて話し合うのはわかるわい。しかしじゃ、皆でいちばん大事なことを話し合うてたら、いつまでも決まらんわ！　それなら大将なぞ必要にゃー、世話係でええ！」


「じゃあ、どうすりゃいいんだ？」

倫太郎は天乃に聞こえないように、小声で藤吉郎に言った。

「そげなこと自分で考えよ。おなごも抱けん男になんも教えん」

藤吉郎は不貞腐れた表情で答えた。倫太郎は怒鳴りつけたい気持ちをなんとか抑えた。怒鳴りつけたところで、天乃が驚くだけである。

「では、職人を集めて会議をしましょうか」

天乃はノリノリだ。

「ええとこまで来たのにのう……。しょーもないことでまた揉《も》める」

藤吉郎がふくれっ面で言う。

「ええっと……」

倫太郎は頭を掻いた。藤吉郎は知らんぷりだ。

「会議の前に、店のほうを見てもらえんかな」

突然、背後から声がした。驚いて振り向くと、そこには大村が立っていた。

「大村さん……」

驚いた様子で天乃が声を発した。大村は少し気まずそうな表情で、ぎこちなく頭を下げた。

「おはようございます」

「おはようございます」

倫太郎も慌てて頭を下げた。大村はゆっくり近づき、倫太郎の前に立った。

「あんたの本気は伝わった。今度は店に出て客がなにを望んでるか、わしらの商品に足りないものはなにか、教えてほしい」

大村の眼差《まなざ》しと表情には真摯なものがあった。

「わかりました」

大村の言葉に倫太郎はうなずいた。この組織が変わり始めようとしている。そんな手ごたえを感じた瞬間だった。

7

翌日から、倫太郎は浅草の店舗に出ることにした。こがね庵の店舗は浅草花やしきの裏手、浅草ひさご通り商店街の通り沿いにある。天乃によると、もとは浅草寺の東側、319号線の交差点に近いところにあったそうだが、現在の場所に移転したとのことだ。

10坪にも満たない小さな店舗には商品を並べるカウンターがあり、イートインスペースも設けられている。古くから働いている女性店員と天乃のふたりで切り盛りしているらしい。

倫太郎は藤吉郎に命じられ、やはり6時には店に出て掃除をし、その後、少し空いた時間は浅草寺のまわりを散歩した。

「このあたりは徳川家康が天下を取ったあとに栄えた場所だ」

まわりに聞こえない程度に藤吉郎に説明してやる。

「**家康？**　あの三河の？」

藤吉郎は目を丸くした。藤吉郎には、木下藤吉郎としての記憶しかないのだ。彼が木下と名乗っている時点の家康は、おそらく織田信長と同盟を結び今川を配下に従えたころだ。

「**あの徳川殿が天下を取ったつぅのか！　ぅ、上様はどうしたんじゃ――!?**」

「上様？　あぁ信長か」

「**上様を呼び捨てにするなどわぬしとんでもにゃーことじゃぞ！　鋸挽《のこび》きにされても文句は言えんわ!!**」

藤吉郎は顔を真っ赤にして怒る。これが戦国時代で、目の前に信長がいれば当然そういうことにもなるだろうが、ここは現代だ。怖くもなんともない。

「信長は、明智光秀に謀反を起こされ死んだ」

倫太郎は、藤吉郎に歴史の事実を伝えた。

「にゃにぃー！　あの明智殿が⁉　そんなばかな‼」

藤吉郎は文字通り、跳び上がって驚いた。

「そ、そ、そのあと徳川殿が天下を取ったのかえ……⁉」

藤吉郎は憤然とした表情で喚いた。まぁ実際は、その前にサル顔の藤吉郎が天下を取るわけだが、それは伝えないことにした。きっと木下藤吉郎には想像もつかないだろう。よほどショックを受けたのか、その後、藤吉郎はめっきり口数が減った。

「とりあえず、店に戻って仕事だ」

うなだれている藤吉郎を見て少々かわいそうになったが、それでもその後の歴史解説はせずに倫太郎は店に戻った。

「おはようございます」

女性店員が出勤していて倫太郎に頭を下げた。

「里崎と申します」

年のころは50代半ばくらいだろう。小柄で丸々としていて愛想がいい。ただ目の奥は笑っておらず、こちらを窺っている感じが伝わってくる。大村のように態度がはっきりしたタイプではないので、かえってやりにくいかもしれない。

「すみませんが、いくつか商品を味見させていただけませんか」

倫太郎は里崎に頼んだ。大村から味見を依頼されていたからだ。

「承知しました」

倫太郎はイートインスペースに腰掛けた。すぐに里崎が何品かを皿に盛って、テーブルの上に置いた。

「一応、うちの売れ筋のものです」

皿に視線を落とすと、おはぎ、三色団子が並んでいた。それらを見た途端、藤吉郎がなんとも嬉しそうな顔をした。


「こりゃぇえ。わしは甘いもんには目がないんじゃ。京の都でもさんざん上様のために探し回ったからのう。任せておけ」

倫太郎はその逆で、甘いものは大の苦手だ。これらを全部食べるのは無理だろう。しかしながら藤吉郎は目をギラつかせて皿の上を凝視している。

「**はよ食べや**」

藤吉郎に急《せ》かされ、倫太郎はおはぎを口に運んだ。甘ったるい味が口に広がる。甘いものの中でも、このおはぎは特に苦手だ。小豆の豆感と重たい甘味が脳の奥まで広がる。

「**ほほう**」

藤吉郎は目を閉じて味を確認している。倫太郎の味覚は、憑依中の藤吉郎と共有されている。倫太郎は、ひと口食べたおはぎを置き、団子に手を伸ばした。

「**なにをやっとるんじゃ！**」

途端、藤吉郎が文句を言った。

「**出されたもんは全部平らげるのが礼儀じゃろう！　それに全部食うて初めて、そのものの価値がわかるというもんじゃ！**」

「そんなこと言われても……」

思わず倫太郎は藤吉郎に言い返した。苦手なものは苦手なのだ。

「え？」

倫太郎の言葉に里崎が反応した。

里崎は訝《いぶか》しげな表情で倫太郎を見ている。

「い、いや……なんでもないです……」

倫太郎は首を振って、残りのおはぎをやけくそ気味に口に運んだ。


　　「なるほど。なるほど」

藤吉郎は心得顔でうなずいている。

　　「では次じゃ」

倫太郎が必死におはぎを飲み込むと、すかさず藤吉郎は皿の上の団子を指さす。里崎がじっとこちらを見ている。仕方なく倫太郎は団子を口に運んだ。あんこがのっていないだけマシだが、餅のねっとりとした感触が口に広がる。甘さは、そこまでしつこい感じを受けない。しかし口の中にずっと残り続ける存在感は、あまり好ましいものではない。

「ほほう」

藤吉郎は、感嘆の声を上げた。目を閉じてうっとりとしている。

「こりゃ、なかなかの美味じゃ」

それはそうだろう、と倫太郎は考えた。戦国時代に砂糖などは貴重品で、甘さの魅力は他に代えがたい。この野暮ったい甘さでも十分なご馳走《ちそう》に違いない。

「ほれ、休むな。全部食え」

藤吉郎は倫太郎を急かす。倫太郎はむせながら団子を口に放り込んだ。里崎がお茶を出さないのは明らかな嫌がらせだが、隣の藤吉郎はほくほく顔で味わっている。

「もう少しやわらかくてええ。やわらかくて量が減ってもええ」

なにやら専門家のようなコメントをする藤吉郎を睨みながら、なんとか団子を嚥下《えんげ》し、

「すみませんが、お茶をいただけませんか」

里崎に頼んだ。これ以上は無理だ。

「あら、すみません。すっかり忘れてました」

里崎が大仰に驚いたふりをして、そそくさと店の奥に移動する。

「なにかわかったのか」

里崎が席を外している隙に藤吉郎に話しかけた。これだけ頑張っているんだから、少しぐらい収穫がないとやってられない。


「味は悪くないが、誰に向けてるかわからんのぅ」

藤吉郎は言った。

「何事も目的が必要だがや。微妙にずれておる気がするの。昔からこんな味じゃったのか」


藤吉郎は首をひねった。倫太郎にはあまり、その感覚はわからなかった。ただ甘いか甘くないかの差だ。里崎が戻ってきて、お茶を倫太郎の前に置いた。

「最近、味を変えたようなことはありましたか」

「あら」

倫太郎の言葉に里崎が目を丸くした。

「昔、うちのお菓子食べたことありましたか」

「い、いえなんとなく……」

「変えたんですよ」

里崎は感心したように言った。

「社長がつくった新作に合わせて味を調整したんです」

「新作とやらも食うてみたい」

藤吉郎が小鼻をふくらませて言う。うるさいやつだ。

「あの、新作も食べさせてもらえますか」

「いいですよ」

里崎は少し愛想がよくなったような反応で店の奥にいそいそと下がり、すぐに戻ってきた。

皿には以前、食べた求肥の菓子がのっている。甘さ控えめで大きくないことが救いだ。

「まず茶で舌を清めよ」

藤吉郎が偉そうに指示を出す。言われなくてもそうするわ、と口に出さないよう腹の中で倫太郎は毒づいた。
茶をすすってから、一気に菓子を口に放り込む。求肥を噛み切るとジュワッとオレンジのジュレが飛び出す。洗練された味だ。ここまで食べた売れ筋の田舎っぽい味に比べると格段にマシである。

「うーん」

藤吉郎は眉をひそめて天を見上げた。

「こりゃ……」

どうせ、こういう繊細な味はわからないだろうと倫太郎は藤吉郎の表情を見て思った。くそ甘いかくそしょっぱいか無味か、戦国時代の者の味覚など、しょせんそんなもんだろう。

「これが原因か……」

藤吉郎は訳知り顔でうなずいた。それきり藤吉郎は、なにも喋らなくなってしまった。
仕方がないので倫太郎はそのまま店内で終日、里崎の接客を眺めていた。接客と言っても、表通りから少し奥に入ったところにある店舗ゆえ飛び込みの客はなく、常連客が6組ほど訪れただけだ。そのいずれもが里崎と世間話を楽しんでいった。そうして店を閉める17時ごろに天乃が戻ってきた。

「ごめんなさい。今日は打ち合わせが続いちゃって」

天乃はスーツ姿だった。

「打ち合わせですか」

「ネット通販の調子が悪いので、ページをリニューアルしようと思って」

「ねっとつーは……なんじゃそれは？」

藤吉郎が絡んできたが、めんどうなので無視した。

「あの、お店はどうでしたか？」

「あぁ……、勉強になりました」

正直なところ勉強にも参考にもいっさいなっていないが、その場しのぎの返事をした。藤吉郎は隣でうっとりと天乃を見ている。

「抱きたいのぉ」

聞かないふりをする。

「明日は工場にいらしてもらえますか。武田さんがお店をどう見たのか、大村が聞きたがっていまして」

「はぁ」

倫太郎は、藤吉郎を見た。

「もう、だいたいのことはわかったがや。明日、指南してやると言っておけ」

藤吉郎はニヤニヤしながら言った。

「まぁ、めんどうじゃが、わぬしにこのおなごが惚《ほ》れなければ、わしが抱けんからの。ビシッと決めてやるから安心せぇ」

別に天乃に惚れられたいなどという気持ちはさらさらないが、この地味な仕事はさっさと終わらせたい。倫太郎は天乃を見て、

「わかりました。大まかな問題点はわかったので明日、報告しましょう」

「本当ですか！　たのしみです！」

天乃は倫太郎の手を取って喜んだが、天乃以上に喜んだのは藤吉郎だった。

8

アパートに戻ってから、倫太郎はさっそく藤吉郎に尋ねた。人がいるとなかなか会話が難しい。こうして、ひとりの空間だと気兼ねなく話しかけられる。

「**最後に食ったのが、あのおなごの考えたもんじゃろ**」

藤吉郎はベッドの上でひっくり返りながら言った。

「**たしかに変わった趣向じゃが、あれでは勝てん**」

「勝てん？」

「洗練されすぎじゃ」

藤吉郎は鼻歌を歌うように言った。

「菓子いうもんは、甘ったるいからええんじゃ」

「それは藤吉郎が甘いもん好きだからだろ」

倫太郎は反論した。味覚に関しては戦国時代の藤吉郎は信用できないという思いがある。

「あほうやな、わぬしは」

藤吉郎は起き上がって真顔になった。

「わぬしは店でなにを見とったんじゃ」

「なにをって」

「どんな客が来て、なにを買って、なにをしていたかじゃ」

「えっと……買った客は年配の女性がふたり、あと子ども連れの若い奥さん、それから枯れ木みたいに痩せたじいさん……」

「お、ちゃんと覚えておるではにゃーか」

工場の片隅で朝から晩まで、ただ作業を眺め続けるだけという苦行を1週間も続けてきたのだ。特にメモなど取らなくても記憶できるようになっていた。

「買っていたのは、おはぎ、団子、柏餅……そんなもんか……」

「新作とやらを買っていったもんはおったか」

「いなかったな」

「そのもんらは、どうしておった」

「イートインを使った客は枯れ木のようなじいさんだけ。どの客も里崎と話してたかな」

「どれくらい話しておった」

「うーん、だいたい15分から20分くらいかな」

倫太郎は、その光景を頭に浮かべた。みんな楽しそうに里崎と世間話をしていた。購入してすぐ帰る客はいなかったように思う。

「菓子いうもんは、誰かと話すための道具でもあるんじゃ。たしかに甘さを抑えれば量は食べれるかもしれんが、なら別のもんを食べたらええ。甘いゆえ量を抑えられ、わぬしのように甘いもんが苦手でも少ない量で済むわけじゃ」

藤吉郎は諭すように倫太郎に言った。その訳知り顔に無性に腹が立ち、倫太郎が反撃する。

「だけど天乃さんの新作は若い人に人気なんだぜ。それに年配の常連にばかり頼っていては商売は伸びない」

「つくづくたわけじゃな」

藤吉郎は鼻を鳴らした。

「わぬしは、あの菓子を何回も食いたいか?」

藤吉郎の問いかけに、倫太郎は少し言葉に詰まった。

「まぁ……うまいのは、うまいんじゃ……」

「何度も食らいたいと思うほどうまかったかえ」

「それは……」

「たしかに、あの菓子は洒落《しゃれ》とったわい。じゃが、そこにばかりこだわって本当の楽しみを奪ってしまっておるんだわ」

藤吉郎はベッドに立ち上がると、ポンと飛んで倫太郎の目の前に座った。

「その昔、こんな話があったんじゃわ。上様がある料理人をとらえたんじゃ。敵側のもんじゃったから本来は首を刎《は》ねる決まりじゃが、都にまで名が響く料理人だったで上様はその料理人に膳をこしらえるよう命じたんじゃ。料理人は命がかかっとるからの。気合いを入れ、腕を振るったわけじゃ。そりゃもう美しい膳でな。ところが上様はたった一度箸をつけ味をみただけで、その料理人の首を刎ねよと命じた」

信長らしい無茶苦茶な命令だ。

「その料理人も見上げたやつでの。上様の前に進み出ると、もう一度、膳をこしらえさせてくれと言うたんじゃ。わしゃ、すっかりこの料理人の度胸に惚れてしもうての。わしからも上様にお願い申し上げたんじゃ。上様も興味を持ったんじゃろな。お許しになられた」

藤吉郎は、その光景を思い出したのだろう。クスッと笑った。

「料理人は、見た目はまったく同じの美しい膳をこしらえた。上様は、その膳をお召し上がりになると、今度は箸を止めることなくすべて平らげられた。わしは不思議に思うての。その料理人に尋ねたんじゃ。なぜ最初から全力でつくらなんだのかと。たまたま上様がつくり直しをお命じになられたからよかったものの、下手したら首が飛んだぞとな」

たしかに、あの信長だ。それはそうだろうなと倫太郎も思う。藤吉郎の話にすっかり聞き入ってしまっていた。

「そしたら、その料理人は最初の膳こそ全身全霊を込めてつくったと答えた。わしゃ、聞いたわい。であれば二番目の膳はなんじゃったんじゃと。そうしたら、その料理人はなんと答えたかわかるかえ?」

藤吉郎は倫太郎を覗き込んだ。見当もつかないので倫太郎は首を振った。

「二番目の膳は、田舎もんに食わす下品な味にしたと抜かしおったわ。わしゃ腹が立っての。上様に、かの者がこんなことを言っておったと告げ口してやったんじゃわい」

性格の悪い男だ。

「上様は大いに笑われての。それでえいとおっしゃったんじゃ。料理とは食うもんのためにある。最初の膳は、料理人が己の腕を誇示したいという不遜さがあったゆえ生かしておく必要なしと裁断した。しかし二度目の料理では、料理人の自我が消え、わしがそこにいたと。それを田舎もんと称するのは料理人の勝手ゆえとがめぬとな。さすがは上様じゃ。わしは、そのとき初めて料理いうもんが少しわかったでの」

藤吉郎は広い額をぺちんと叩《たた》いた。

「その意味では、あの菓子は、自我が出すぎではないかの」

藤吉郎の言葉に、倫太郎は少しだけ意味がわかる気がした。たしかに天乃の菓子には、先代に負けたくないという気負いが入っている印象を受ける。美味しいとは思うが、手放しで感心しないのも事実だった。

「菓子も同じじゃ。つくり手の欲が見てとれたらしまいじゃ。さらに悪いことに、あん店の菓子には大将と士卒のもめごとが感じられるわい。菓子の味がてんでばらばらで整っておらぬ。欲どころか、あんな状態では昔からの客も減るじゃろ」

「なるほど……」

藤吉郎の言うことも一理ある。つくり手の創造性と顧客目線のバランスは商品開発における永遠のテーマだ。独自性や個性は必要だが、同時に顧客に支持されなければならない。ただ、倫太郎は菓子づくりのプロではないし商品開発コンサルタントでもない。

「で……どうすればいいんだ」

倫太郎の言葉に、藤吉郎は呆れたように目を見開いた。しわくちゃの色黒の顔に大きな目は、本当にサルそっくりだ。

「**それを考えるのが、わぬしの仕事じゃろが**」

「いいじゃないか、教えてくれても」

口を尖らせる倫太郎に、藤吉郎は鼻の上を掻いて首を傾げた。いかにもめんどうそうだ。

「言っとくけど今、お前は俺に雇われているようなもんなんだぞ」

「**誰も雇ってくれと頼んでいないわい**」

藤吉郎は憎まれ口を叩く。

「**教えてほしいなら、それなりに礼儀があるじゃろ。その昔、わしは見込んだもんを家臣に迎えるに当たってだな……**」

「わかった、わかった。木下藤吉郎様。私に、どうか智慧《ちえ》を授けてください」

藤吉郎の講釈が長くなりそうだったので、めんどうくさくなって頭を下げた。

「**最初から、そういう謙虚な態度であればいいんじゃ**」

倫太郎をやり込めて藤吉郎は満足そうだった。プライドのために命を捨てる戦国武将にとって頭を下げることは、やはり絶大な効果がある。

「まずは、あの女大将と配下のもんを一つにせにゃならん。そのために、あの菓子は使える」

「どう使えるんだ」

「あんおなごが新しい菓子をつくらにゃいかんと思ったことは間違いではにゃー。たしかにあんままでは、あの店は昔ながらの客を相手に細々とやるしかなかったじゃろ。その意味でも、あの菓子は大事じゃ」

「でも、あの菓子はだめだと言ってたじゃないか」

「味はだめじゃ。しかし、見た目はえい。新しいもんや美しいも

んは人の心を躍らせる。さっきわしが話した料理人は、それをよう心得ていた。味は田舎もん向けでも、京の都でも一流の美しさを備えておった」

「あの新作菓子の見た目はそのままで味を変えるということか」

「そうじゃ。さらにその味は配下と大将が満足するものにする必要がある。どちらかが妥協すれば、それが禍根《かこん》となるからの」

「なるほど」

「それとじゃ。あんもんたちを一つにするには祭りが必要じゃ」

「祭り？」

「皆でつくった菓子をお披露目する舞台をつくるのじゃ。その舞台は、華やかで皆が心浮き立つ場でなければいかん。わしなら

そのための祭りを開く。祭りの日が決まれば、そこに向けておのずと皆が心一つになる」

この男は後年、たしかに天下人になり、醍醐《だいご》の花見〈1〉や肥前名護屋城での仮装大会など歴史に残るような祭りを主催している。現代においても新製品発表会や決算発表など〝祭り〟で人心をまとめるのは、よく使われる手法だ。

「なるほど」

倫太郎は藤吉郎の意見にうなずいたものの、それをどうやって天乃や大村たちに伝えるべきか考え込んだ。頭ごなしに提案するわけにもいかない……。

しかし翌日、そんな倫太郎の心配が杞憂《きゆう》に終わる出来事が起こったのである。

〈1〉醍醐の花見　1598年3月に京都の醍醐寺三宝院にて豊臣秀吉が催した絢爛豪華な花見

9

「催事への出店？」

翌朝、天乃と職人たちに店舗での分析を伝えるミーティングの冒頭に、天乃が倫太郎に告げたのは意外な言葉だった。

「高武百貨店で和菓子の催事があって、そこに出店しないかという話が急遽来たんです」

高武百貨店は百貨店の中でも名門だ。そこでの出店は悪い話ではなかった。

「新作のお菓子を気に入ってもらえたようで」

「よかったじゃないですか」

「でも……自信がなくて……」

天乃は仏頂面の大村をチラリと見て言った。

「なぜですか？」

倫太郎は天乃に尋ねた。倫太郎にしか見えないが、藤吉郎が隣であぐらをかいている。

「最近、新作の売れ行きがピタッと止まっていまして……。そもそも、お店ではさほど売れてなかったんですが、勢いのあったネット通販も、このところ全然伸びなくなっていて……。

メディアに取り上げられたころは勢いがあったんですが……」

「リピートにつながらなかった、ということですね」

倫太郎は藤吉郎に目をやった。藤吉郎が見立てた通り、ものめずらしさで最初は買われたが購入者の期待とズレがあり、飽きられてしまったのだろう。どうすべきか、倫太郎は戸惑った。すると藤吉郎がめんどうくさそうに、

「**ええ機会じゃ。やらせたほうがえい。祭りの代わりになりそうじゃ。願ったりかなったりじゃ**」


そう言って、あごで倫太郎に合図を送る。

「やりましょう」

「え？」

倫太郎が強い口調で言うと、天乃は驚いた表情を浮かべた。一方の大村は、表情を動かさず黙ってふたりを見ている。

「ただし、今のものではなく改善を加えます」

倫太郎は視線を大村に向けた。

「田宮さんだけでなく、社員全員で改善してみんなが納得するものをつくり、それを引っ提げて催事に出るのはいかがでしょう」

「それは……」

天乃が眉根を寄せた。

「反対ですか？」

「反対ではないですが、時間がありません。じつは催事は明日からなんです」

催事は百貨店の売上を左右するものだけに、出店のハードルは高い。だが、そこで高い評価を得られれば出店者のブランド力は跳ね上がる。こがね庵のような零細企業なら、文字通り売上の桁を上げるチャンスだ。だからこそ一般的に出店前は入念な準備をし、商品開発にももちろん注力する。天乃が手放しで喜ばないのは、前職で催事出店の厳しさを経験したからだろう。


「十分ではないか」

藤吉郎が隣で馬鹿にしたように笑った。

「わしは一夜で墨俣《すのまた》に城を築いたわ〈2〉。城が築けて菓子ができぬ法はない」

うるさいと倫太郎は藤吉郎を睨んだ。

「みんなで協力すれば、やれるんじゃないですか」

そう言ったのは、なんと大村だった。

「わしは武田さんの意見に賛成です」

「大村さん……」

天乃は目を丸くした。

「正直、あの菓子はもっとよくなると思うております。ただ、お嬢さんの考えたものに意見するのはいかがなものかと遠慮しておりました。考えてみれば店の看板商品に工場長のわしがなにも言わないなど、よくないことでした」

大村の言葉に天乃は目を伏せた。おそらく、これまでふたりのあいだには対立ではない、壁のような遠慮があったのだろう。互いに忖度《そんたく》して遠ざけていたのかもしれない。

「武田さん、あんたの意見を聞かせてもらえんかね」

〈2〉墨俣一夜城　織田信長が苦戦した美濃攻略で藤吉郎が一夜で城を築き敵の戦意を喪失させたと伝わる逸話

大村は倫太郎に声をかけた。その目は真剣である。

「私は専門家ではありません。あくまで私見になりますが、いいですか」

「もちろん」

大村はうなずいた。もっとも今から話すのは倫太郎ではなく藤吉郎の私見だ。

「たしかに新作は見た目の美しさに心を掴まれます。味も洒落ている。しかし来店される常連客のような、お菓子好きの人が望むだけの甘さがないような気がします。こがね庵が築き上げた歴史やお菓子に対する想いを、もっと反映したほうがいいんじゃないでしょうか」


「説明が下手じゃな」


藤吉郎が、小馬鹿にした表情で倫太郎を見上げた。ムカッとしたが、誰も藤吉郎を認識できないためなにもできない。

「昨日は終日、お店を拝見させてもらいましたが、ほとんどのお客さんが里崎さんとの会話を楽しんでおられました。こがね庵のお菓子は、誰かと誰かをつなぐコミュニケーションの媒介のようなものなんじゃないでしょうか」

「武田さんの言う通りだ」

大村が感心したように言った。とはいえ、中身は藤吉郎の受け売りだ。

「下手は下手なりに話が通じたなら、それはそれでええ」

いちいちムカつくやつだ。

「わかりました……たしかに私は少し自分の考えにこだわりすぎていたのかもしれません」

天乃が、少し寂しそうな表情を浮かべてうなずいた。

「お嬢さんだけのせいではない。わしも、もっと意見すべきだった。申し訳ありません。わしらも悔いなくやりたいと思うております」

大村は頭を下げた。この言葉に他の面々もいっせいにうなずいた。

「大村さん……皆さん……」

天乃は目を潤ませた。

「わぬしの下手くそな説明でも、どうやら互いの心が通じたようじゃ。えい、えい」

藤吉郎が手を叩いて喜んだ。

「うるせー」

倫太郎は小さな声で藤吉郎に毒づいた。

「なにかおっしゃいました？」

「いえ、えっと……」

倫太郎はゴホンと咳払いをして背筋を伸ばした。

「とにかく時間がありません。今すぐ取り掛かりましょう」


「店のもん例外なく全員でやるよう指示せい」


藤吉郎が耳元でささやく。姿が見えないのだから、その必要はないのだが。

「店舗の里崎さんも含め全員でやりましょう。こがね庵の全員でつくるんです。皆さんがこの新作でつながる。それが、こがね庵のお菓子です。違いますか？」

「里崎さんも……」

「賛成だ。里崎さんも来てもらいましょう」

不安げな表情を浮かべた天乃に大村が賛同した。

「わかりました。やりましょう！」

天乃は大村の言葉に意を強くしたようにうなずいた。こがね庵が変わろうとする瞬間に立ち会えた倫太郎は、胸に熱いものを感じていた。

「餡《あん》のほうがよくないですか」

「求肥は、もっと薄くできませんかね」

「色があったほうがいいのでは」

工場は上を下への騒ぎとなった。大村と天乃を中心に工場の他の面々、そこに里崎が加わり全員が勝手なことを言う。そのたびに試作され、なぜか、その試食は倫太郎に回ってくる。

「どうですか」

容赦無く菓子が口に押し込まれる。そして、その味は藤吉郎に共有され、

「うむっ、まだ甘さが足りん」

「こりゃ甘すぎだ」

「餡に工夫が足りん」


と返答されるたびにそれを伝える。もちろん倫太郎に味の違いなどまったくわからない。ただただ甘ったるい味が脳髄にまでガンガン響いてくるようだ。

「塩が……塩がほしい」

思わず弱音を吐くと、その言葉に大村が手を打つ。

「塩気か。たしかに甘さがより引き立つ」

「なるほど」

「気がつかなんだ」

福浦と今江が感心したようにメモを取る。

「いや……そういう意味ではなく……」

倫太郎が慌てて言うのも無視して大盛り上がりである。


「ええ感じになってきたわな。味も気持ちも」


藤吉郎は満面の笑みを浮かべ、自慢げである。

「いい感じはいいけど、俺はもう持ちそうにないぞ」

みんなに気づかれないよう倫太郎は、こっそりと藤吉郎に文句を言った。

「身体がおかしくなる一歩手前だ」


「それが、わぬしの仕事じゃ。泣き言を言うな」

藤吉郎は愉快そうだ。この男が天下を取ったのがなんとなくわかる。底抜けの明るさと身体から湧き上がる陽の気が、多くの人を惹きつけていたのだろう。

「武田さん」

藤吉郎に気を取られていると、目の前に天乃が立っていた。

「はい？」

虚を衝《つ》かれ一瞬、どぎまぎした。

「本当にありがとうございます。武田さんにお願いして、よかった」

天乃の目は潤みを増している。

「初めて会社のみんなと一緒の気持ちになりました。これまで、こんなに頑張っているのに、なんでわかってくれないんだろうと思っていましたが、私がダメだったんですね。それに気づかせてくれて、ありがとうございます」

天乃はそっと倫太郎の手を握った。しっとりとした手のひらが心地いい。


「武田信次郎社長にいただいたこのチャンス、しっかりものにしたいです！」


「え？」

ドクンと胸が鳴った。

「今回の催事、武田社長から高武百貨店に働きかけていただいたんです」

なんとも言えないどす黒い感情が胸の中に渦巻いた。こがね庵のために信次郎が動くのは別におかしいことではない。そもそも、この話は信次郎が倫太郎に振ってきたのだから。それでも、このタイミングで信次郎が現れたことに納得がいかない。倫太郎は、そっと天乃の手を離した。恐ろしいほど醒《さ》めていく自分を感じる。

「なんで離すんじゃ！」

藤吉郎が喚いたが、倫太郎はそれを無視し冷ややかに天乃に言った。

「まだ始まったばかりです。まずは新作で催事を大成功させましょう。それが先決です」

10

「倫太郎。わぬしはひょっとすると、おなごは嫌いか？」

アパートに帰ってきたのは、もう深夜だった。苦手な甘いものを大量に食べたせいで、倫太郎はすっかり弱りきっていた。一方の藤吉郎は元気いっぱいだ。

「あのおなご、わぬしに惚れておるぞ。抱いてやるのが礼儀というもんだで」

「そんな礼儀、俺にはない」

たしかに天乃は倫太郎に敬意を払っているが、それが恋愛感情だと思うほどおめでたい思考回路は持ち合わせていない。

「それともなにか。男のほうがええのか……もしやわしに……」

藤吉郎は尻を押さえて定位置のベッドから飛び降りた。

「心配するな。その気はない」

藤吉郎の悪ふざけに付き合ってやる気力もなかった。藤吉郎と入れ替わる形で、倫太郎はベッドにひっくり返った。

「あのおなごのなにが気に入らないんじゃ」

「気に入るとか気に入らないということじゃない。俺にはそういう関係になる資格がないだけだ」

倫太郎はぶっきらぼうに答えた。

「わぬし、そうか不具か……」

「ふぐ？」

「ここが使いもんにならんということじゃ」

藤吉郎は股間を押さえてコミカルに腰を振ってみせた。

「そういうことじゃない」

倫太郎は苦笑した。藤吉郎は不思議な男だ。普通ならぶん殴っているところだが、藤吉郎だと腹が立たない。まぁ、それくらいの愛嬌《あいきょう》がなければ、あの織田信長の下で働くことはできないだろうが。

「悪いが、その話題はここまでだ。お前さんほど俺は図太くない。嫌なことがあれば、それなりに引きずる」
倫太郎の胸のうちに苦い想いが蘇《よみがえ》ってきた。もうこれ以上は無理だ。
「今日は店じまいだ」
それだけ言って頭から布団を被った。

いつの間にか眠ってしまっていたらしい。
ふと気づき、顔を上げた。視線の先に藤吉郎はいない。

「ようやっと起きたか」

突然、後ろで声がした。振り返ると、金色のど派手な着物に身を包んだ小男がそこにいた。藤吉郎と似ているが、その眼光はあまりに鋭く、オーラは桁違いに大きい。倫太郎の身体にずんと響く重さを感じさせる。
「豊臣……秀吉……」

「こら、貴人を呼び捨てにするとは何事じゃ」

秀吉は声を上げて笑った。藤吉郎が持っていた底抜けの明るさとはまた違う、いや、明るいと言えば明るいが、その奥底にまるで底なし沼のような闇を感じる。同時に抗《あらが》いがたい威厳を感じる。まさに天下人だ。

秀吉は親しげに呼びかけた。

「久しぶりじゃな。倫太郎」

「儂が言うのも何じゃが藤吉郎が世話になっておる。お前が寝ておる間に霊道が開いたので、ちと藤吉郎と入れ替わったのじゃ」

たしかに藤吉郎が年齢を重ねて秀吉になるわけだから同一人物ではある。ただ不思議なくらい藤吉郎と秀吉は違う気がする。事態が飲み込めない倫太郎に秀吉は苦笑いをした。

「そんなことができるのか……」

「お前の気の乱れが引き起こしたとも言えるの」

秀吉は立ち上がり、ベッドの脇にどっかと腰を下ろした。

慌てて、倫太郎は身体を起こした。

「それと儂とお前の相性が良い事も有るようじゃ。ちとお節介を焼いてやろうと思うてな」

「おせっかい？」

「己で何とも出来ぬことを悩んでも事は進まぬ」

「己でなんともできぬことを……」

「良いか。お前は知恵はあるが、その知恵故、自分ではどうしようもないことに囚《とら》われる。あの明智光秀もそうであったわ」

倫太郎は、秀吉がなにを伝えようとしているのか見当がつかず、視線を宙に回した。

「主人とは無理を言うなるものじゃ」

「信次郎のことを言ってるのか？」

倫太郎は眉根を寄せた。今は信次郎のことを言われたくはない。

「信次郎は俺の主人じゃない」

「しかし、お前は彼の者の指示によって動いておるではないか。
であれば主人と同じじゃ」

うるさいと喉まで出かかったが、それを言葉として吐き出すことはできなかった。秀吉に備わる人間の格とも言うべきものが圧となり、それをさせなかった。なんでも気楽に言い合える藤吉郎とは違う。同じ人間でも、時が経ち成功を収めるとこんなにも変わるのか、と倫太郎は思った。

「かく言う儂も信長公に仕えている頃はそうであった。常に彼の人が何をお考えで何を望んでおるか……その意図を探ろうとしたものじゃ」

「俺は信次郎がなにを考えているかなんか興味はない」

「そうであろうかの。お前は信次郎とか申す者に気に入られたいと思っていなくとも、その者の意図を測り兼ね、それで苛《いら》立《だ》っておるのではないか」

その駒として自分を動かす。いまや経済界の大物となった信次郎が、自分の思いもよらない考えを持ち、図星である。

その駒として自分を動かす。意図が読めていれば駒になることもよしとしよう。しかし意図がわからぬまま、信次郎の手のひらで転がされるように扱われるのは屈辱でしかない。

「お前は知恵がある故、主人と戦おうとするのじゃ。それは光秀と信長公の関係と同じじゃ。光秀はその才故、信長公より己が優れていたいと考えた。光秀は信長公といつも知恵比べをしておったが、それは光秀の一人芝居じゃ。信長公の考えは信長公のものじゃ。他人に推し量れるものではないわ。信長公の考えが読めないことが、いつしか光秀の憎しみに変わっていった。儂に言わせれば無駄なことじゃ」

「それじゃ、どうすればいい？」
倫太郎は秀吉の問答に乗った。正直、自分自身の中に宿り始めている信次郎への憎しみに似た感情は自覚している。

「己の仕事は己の自由でやるがよい」

「おのれの仕事はおのれの自由で……」

「藤吉郎の頃の儂もまた信長公の意図を読もうと四苦八苦しておった。しかし、ある時気づいたのじゃ。自分の仕事は自分の遣《や》り方でやって、それで怒られるならそのほうがましじゃ。儂の仕事は儂のものじゃ。命じられた結果に辿り着く道筋は儂が決める。さすれば人に仕えてはいても心までは支配されぬ」

「仕えてはいても、心までは支配されない……」

「それともう一つ。お前は素直になれ」

「素直？」

秀吉はうなずいた。

「お前は、そもそも与えられた仕事の大きさに不満を抱いた。しかしながら懸命に動き続けるうちに、その仕事が齎《もたら》す喜びを知ったはずじゃ」

こがね庵の規模に不満があったのは事実だ。それを信次郎による評価と受け取ったからでもある。信次郎の評価など関係ないと強がってみたところで、それが重たく自分の心にのしかかっていることは認めざるを得ない。同時に、こがね庵が一つにまとまっていくことに、少なからず感動を覚えたことも事実だ。

「仕事の価値は己で決めるものじゃ。心に従え。もっと素直に、お前の心を動かせ。お前が心を動かせば、他人の心も動く。それが仕事というものぞ」

「心を動かす……」

「木下藤吉郎は百姓の出で武芸も拙《つたな》く、知恵といっても他に優れた者は居たであろう。しかし藤吉郎は誰よりも素直で誰よりも仕事に心を動かした。心を動かせば人は動き、機も訪れる。木下藤吉郎改め豊臣秀吉は、其れだけで天下を取ったのじゃ。お前も心を動かせ。そしてお前の仕事を、お前の遣り方でやれ」

天下人の言葉は倫太郎の心に少なからず響いた。倫太郎の顔を覗き込みながら秀吉は声を上げて笑った。その笑顔は藤吉郎のころの無邪気なものだった。

「後は藤吉郎に任せるとしよう。あの者もお前と同じじゃ。己という存在にもがき苦しんでおる。まぁ仲良くしてやってくれ」

秀吉の姿は、あっと言う間に消えた。同時に倫太郎の意識も遠のいていった。

11

「なにしてんのよ！」

怒声とともに掛け布団が剥ぎ取られた。続いてベッドサイドのカーテンが乱暴に引かれる。ぼんやりとした視界に、陽の光が眩《まぶ》しい。倫太郎は寝癖でボサボサの頭を掻きながら起き上がった。

「朝から事務所の電話が鳴りっぱなしよ！　なんで仕事サボってんのよ！」

鬼のような形相でベッドサイドに立っていたのは妹の恋だった。

「なんだ恋か……」

「なんだじゃないわよ！　兄やんと連絡がつかないからって、こがね庵の田宮さんと、タケダコンサルティングから鬼電かかってんのよ！」

倫太郎は枕元に放っていたスマートフォンを手に取った。画面は天乃からの着信で埋まっていた。どうやら秀吉と再会したあと、そのまま眠り込んでいたらしい。恋の背後に視線をやると、恋のミニスカートを覗き込む藤吉郎が見えた。天下人の秀吉と入れ替わったようだ。

「あぁ……ちょっと体調を崩していてな」

睨みつける恋に思わず嘘《うそ》をついたが、通用するわけもない。恋は、倫太郎の一張羅のスーツを投げつけてきた。

「とにかく早く着替えて！　出かけるから！」

「出かけるって……」

「今日はこがね庵さんの催事でしょ！　決まってるじゃない！」

「あぁ……」

「グズグズしない！　行くよ!!」


「えらい気の強いおなごじゃな」

タクシーに乗ると、助手席に乗り込んだ藤吉郎が首を曲げて、恋の短いスカートから伸びる脚を舐《な》め回すように見ていた。

「気が強くて脚の綺麗なおなごは大好物じゃ。南蛮人のような髪はいかがなものかと思うがの。ひと晩かぎりならそれでもええ」

とことん女好きなやつだ。倫太郎は藤吉郎を軽く睨んだ。

「アタシがあれこれ言う資格はないけど寝坊はよくないよ」

まだ怒っている恋が倫太郎を睨みつける。

「そうだな……すまん」

秀吉を召喚したことで必要以上に疲弊してしまったようだ。倫太郎は頭を掻いた。

「いい？　今日が契約の最終日なんでしょ。催事を成功させて気持ちよく終わらなきゃ。アタシも手伝うから」

恋は倫太郎に言った。

「お前も？」

「だって、アタシがいないと逃げちゃうかもしれないし」

恋は頬をふくらませた。


「見張りがついたら、どうしようもないの」

藤吉郎が声を上げて笑った。

「心配するな。わしも手伝ってやるで」

姿の見えない藤吉郎がなにを手伝うのかと思ったが、恋がいるので反論できずムッとした表情でそっぽを向いた。

「不貞腐れない！」

すかさず恋が肘で倫太郎を小突いた。それを見て藤吉郎が愉快そうに大笑いした。そんなことをしているうちにタクシーは新目白通りを抜けて明治通りに入り、催事会場のある高武百貨店本店の前に到着した。秀吉の言葉が蘇る。

「己の仕事は己の自由で、か……」

倫太郎は小さくつぶやいた。

10階の催事会場に着くと、恋から事前に連絡が行っていたらしく天乃が走り寄ってきた。

「武田さん！　お身体大丈夫ですか？」

体調不良ということになっていたのだろう。

「大丈夫です。ご心配かけてすみません」

倫太郎は頭を下げた。天乃はその倫太郎の手を取って嬉しそうに笑った。恋をチラリと見ると、不機嫌そうに横を向いている。

「みんな待ってます！　行きましょう」

天乃は、倫太郎の手を引いてブースに誘った。あとから恋が仏頂面でついてくる。もちろん誰の目にも映っていないが、藤吉郎も一緒だ。

「武田さん、待ってましたよ。あんたがいないと話にならない」

こがね庵のブースで大村が笑みを浮かべた。他の面々も同じように笑顔だ。倫太郎はそんな彼らを見て、固まっていた自分の心が動くのを感じた。

「ご心配をおかけし、すみませんでした」

頭を下げると、大村が倫太郎の肩を叩いた。

「体調が戻ればなによりだ。それより、みんなで完成させた新作を試食してみてくれ」

里崎が、紙皿に菓子をのせて持ってきた。紙コップにお茶も入れてくれている。菓子はひと回り小さくなっていた。

「サイズを変えましたか?」

倫太郎は尋ねた。

「変えました」

天乃がうなずいた。

「甘さを増したので、そのぶん少し量を減らしてバランスを取ったんです」

「なるほど」

「まぁ、食べて」

大村が自信ありげに言った。倫太郎は菓子をつまんで口に運んだ。ちょうどひと口サイズだ。口に含み求肥を噛むと、すぐに餡が出てくる。求肥は少し薄くなった気がする。餡の中にはオレンジピールがあり、酸味と苦味が良いアクセントになっている。

「**これは、見違えるほどようなったのぅ**」

藤吉郎は感嘆の声を上げた。

「**甘いが、甘いだけではにゃー。驚きがあるの。よい塩梅《あんばい》じゃ**」

たしかに甘ぃのだが、甘いものが苦手な倫太郎でも美味しいと感じる。おそらく分量がちょうどいいのだ。口の中に少し残る苦味が、もっとほしいと思わせてくれる。

「進化しましたね。すごいです」

倫太郎はお茶を口に含んでから言った。一同の顔がパッと明るくなる。

「恋、お前も食べてみろ」

倫太郎が声をかけると、天乃は恋にも差し出す。恋は天乃を軽く睨み菓子を口に含んだ。

「……美味しい」

恋はぽつりとつぶやいた。

「こんな若いお嬢さんに美味しいと言ってもらえて、よかったですね」

里崎が嬉しそうに天乃に言った。大村たちも笑顔だ。

「ようやく、一つにまとまったようじゃの」

藤吉郎は満足げにうなずいた。

「戦う準備は整ったようじゃが、見た目がちぃとばかり地味かもしれんの」

たしかにサイズを小さくしたことで、見た目はよくある和菓子と変わらないかもしれない。

「これってバリエーションはありますか」

天乃に尋ねると、待ってましたとばかりにショーケースから化粧箱を取り出した。さすが菓子メーカーに勤めていた天乃らしく、品のいい化粧箱だ。中を覗くと紫、赤、ピンク、緑の色とりどりの新作が並んでいる。

「求肥に天然色素と果汁を加え、種類を増やしました。紫が巨峰、赤がいちご、ピンクが桃、緑がマスカットです」

天乃が説明した。

「こりゃええ。見事なもんじゃ」

藤吉郎が感嘆の声を上げた。

「綺麗ですね」

恋も感心したように言う。

「あとは売るだけです」

天乃は力強く言った。


「祭りじゃ――!!」

藤吉郎は倫太郎のまわりを舞いながら、叫ぶ。倫太郎の心に溜まっていた澱《おり》のようなものが押し流されていくのがわかる。それくらい、こがね庵の一体感は素晴らしいものだった。

「倫太郎！　わぬしが大将じゃ！　しっかりと皆をまとめよ！」

藤吉郎は倫太郎の耳元で怒鳴った。

「皆さん！　やりましょう‼」

倫太郎は拳を握った。みんなも力強く拳を握る。さらに心が動く。今日は素直に自分の心に従おう。倫太郎はそう思った。

「大事なことを忘れてました」

天乃が慌てた調子で言った。大村が、その天乃を見て微笑む。

「このお菓子の名前を武田さんにつけてほしいんです」

「名前？」

「そうです。みんなで新しくつくった、このお菓子の名前を」

「いや……そんな大事な名前、私がつけるのはおこがましいでしょう。皆さんで決めてください。でなければ、社長がつけるのが……」

「わしらは、あんたにつけてほしいんだ」

倫太郎の言葉を大村が遮《さえぎ》った。

「あんたがわしらをまとめてくれたんだ。そんなあんたに、こがね庵の最後の菓子の名前をつけてほしい」

「最後？」

「最新作です」

天乃が言い直した。釈然としないものが一瞬よぎったが、倫太郎に熱い視線を送るこがね庵の面々に、その気持ちはすぐにかき消された。


「つけてやれ」


藤吉郎が倫太郎の肩を叩いて言う。霊なので感触はないが、それでも藤吉郎の言葉は倫太郎の背中を押した。

「えがお……」

倫太郎はぽつりとつぶやいた。

「えがお」

天乃がその言葉を繰り返した。

「えがお」

「えがお」

「えがお」

大村たちも繰り返す。

「いいじゃないですか。えがお」

天乃は満面の笑みで言った。

「私たちのお菓子で、たくさんの笑顔をつくりたいですね」

「さぁ、準備を急ごう」

大村が言った。時計を見る。開店まであと1時間を切っている。

「やりましょう!」

天乃の声で、みんないっせいに動き出した。

12

あっと言う間の1日だった。こがね庵の面々はまさに力戦した。寡黙なはずの清水や福浦も声を出し、積極的に接客した。里崎は、年配の客を巧みな会話で引き込み、天乃は笑顔を絶やさず、梱包《こんぽう》から会計までをこなす。

こがね庵の面々だけではない。大活躍したのは恋だった。

恋は若いカップルや女性を中心に持ち前の押しの強さで売り込んでいく。それだけでなく、各種SNSにも投稿するなど大戦力となっていた。一方の倫太郎は、

「もっと声を出せ！」

「そこのおなごに声をかけよ！」

「なにをためらっておるんじゃ！」

「はよう行け！　このたわけ!!」

「笑顔じゃ！　笑顔！　顔が怖いわ！」


藤吉郎に怒鳴りまくられ右往左往するばかりで、あまり役に立ったとは言えなかった。しかしながら大盛り上がりの中、声を嗄《か》らして接客をしていると、たとえようのない充実感が全身を包んだ。こんなに満たされたのは、いつ以来だろう。

怒鳴りまくる藤吉郎の声は、内容ではなくその響き、タイミング、強弱がまるで〝音楽〟

のようだった。気がつけば、まるで藤吉郎の手足になったように身体が動く。そしてなにより藤吉郎の声は底抜けに明るく、陽の気に満ちている。この男についていけば希望に満ち溢れた世界が待っているのだろう。そんな気にさせてくれる。この音声で、この男は、戦場を駆け巡る猛者どもを自在に操ったのだろう。そう思わせるものだった。

「今日の催事の最高売上でした！」

天乃が頬を紅潮させて報告した。いっせいに歓声が上がる。大村も里崎も工場の他のメンバーも手を叩く。恋はいちばんはしゃいでいた。倫太郎も手を叩く。自分はもう少し冷静な人間だと思っていたが、いつになくテンションが上がっていた。

「まぁ、まずはよかったの」

藤吉郎は笑みを浮かべて満足げにその盛り上がりを見ていた。しかし、どこかその姿は寂しげでもあった。

「武田さん！　本当にありがとうございました！　恋さんも!!」

上気した顔で、天乃が倫太郎の前で頭を深々と下げた。

「いや……別にアタシは……」

天乃の態度に恋はモゴモゴと口ごもった。恋は相手の好意には意外に弱いところがある。

「武田社長からも連絡をいただきました！　合格だと！」

「合格？」

天乃がなにを言っているのかわからず、倫太郎は首を傾げた。

「これで私も心おきなく卒業できます」

「卒業？」

そのときトボトボと人の輪から離れていく藤吉郎が目に入った。天乃の言葉が気になったが、どうやら時間がないようだ。

「すいません、少し席を外します」

倫太郎は天乃に言うと、離れていく藤吉郎のあとを追った。藤吉郎は階段をまさにサルのように駆け上がっていく。倫太郎は息を切らせついていく。

藤吉郎はまるで見知った場所かのように屋上に出た。誰もいない屋上には満天の星が輝いていた。


「**そろそろわしも、お役御免じゃ**」

藤吉郎は大きな声で言った。つとめて明るい調子を出そうとしているが、その言葉は湿り気を帯びて倫太郎に届いた。

「……もう、そんな時間か……」

倫太郎は、藤吉郎の背後に光る月を見た。霊が永遠に現世に留まることはない。月の満ち欠けの周期で、その時期は決まっているようだ。藤吉郎を照らす月が、それを知らせていた。

「わしゃ、もう少しいてもええんじゃがの」

藤吉郎は鼻の下をこすった。

「まだ、おなごを抱いておらん。どこかの意気地なしのせいでな」

倫太郎は苦笑した。

「それはすまんことをした」

「わぬしは、なにやらめんどくさいやつじゃな」

藤吉郎はクスッと笑った。

「どこか、わしと似とる」

「そうか？　藤吉郎のほうが俺よりずいぶん明るいぞ」

倫太郎は答えた。秀吉には感じなかった親近感が藤吉郎にはある。

「**今日の倫太郎は輝いとったわい。眩しいほどにな**」

藤吉郎は空を仰いだ。

「**ちと、うらやましかった**」

「全部、藤吉郎がやったことじゃないか。俺はただお前の指示に従っただけだ」

「**指示は出したが、手足を動かしたのは倫太郎じゃ**」

藤吉郎は鼻の頭を掻いた。

「**皆が倫太郎を信じ、必死に仕事をした。倫太郎もまた、仲間を信じておった。美しい、とわしゃ思ったわ**」

たしかに藤吉郎に怒鳴られながら働いていると、不思議なくらい気持ちが軽かった。同時に天乃や大村、里崎や恋たちと一体感があったのも事実だ。

「わしは、あれが本当の倫太郎じゃと思うぞ。倫太郎は倫太郎らしく生きることだで。ほんで今、目の前にいるもんに対して素直に生きることじゃ」

「難しいことだな」

倫太郎は苦笑した。秀吉にも言われたが、今日はたまたま〝素直〟になれたのかもしれない。それを意識して行うのは、倫太郎にとってとてつもなく難しいことなのだ。

「そりゃ、やってみなわからん。倫太郎はやれないいんじゃのうて、やっとらんだけじゃ」

そう言うと、藤吉郎は悲しげな表情を浮かべた。

「まぁ、わしも同じじゃ。どんだけ心を尽くしても、どんなに懸命に働いても、家中のもんはわしをサルとあざける。あざけられるのはまだええ。無視され、わしなどおらぬと思い込もうとするもんすらおる。わしゃそれが悲しゅうて……だからいつも明るく道化のように振舞っとる。でもな。結局、他人を変えることはわしにはできぬ。変えられるのはわし自身だけじゃ。だからわしは、今のわしをよくすることのみ考えることにした。それを教えてくれたのは倫太郎、わぬしじゃ」

藤吉郎は真剣だった。

「倫太郎はもっと欲を持て」

「欲?」

倫太郎は首をひねった。

「欲なんざ、あるだけ厄介だろ」

「欲は力じゃ。欲があるから生きる勇気が湧く。今日はだめでも明日があると思える。一つ欲を成せば、また新しい欲を持つ。なにかを失っても、欲があればまたなにかを得る。失ったものは戻ってこんかもしれんが、新しいものに希望を持てる。わしはいつも大切なもんを奪われた。奪われる、なくす悲しみを防ぐには手に入れることじゃ。倫太郎にとっては馬鹿馬鹿しいことかもしれんが、それがわしが希望を得るたった一つの手段じゃ。そしてそれを成すのが欲じゃ。欲は欲のためにあらず、己を守る武器じゃ」

倫太郎は複雑な気持ちで藤吉郎を見た。この人のよさそうな愛嬌のある小男は、その限りない欲を満たし、織田信長亡きあと幾多の敵を倒し、幾多の人を殺めて関白という天上人となり、その果てなき欲は朝鮮出兵に至り、幾万の犠牲を強いた。それが果たして、この小男にとって幸せだったのか。

「もっとも、いずれその欲にわし自身が食われるかもしれんがな」

倫太郎の心中を読んだのか、藤吉郎はそう言って笑った。

「倫太郎は欲がなさすぎじゃ。惚れられたら抱いてやるくらいの欲を持て」

「それがいちばん難しいことなんだがな」

倫太郎は苦笑いした。その倫太郎を見て、藤吉郎は夜空を見上げ大笑いした。倫太郎もそれに合わせて笑った。

きっと藤吉郎は、必死に生き抜いたのだ。結果がどうなるかを考えていたわけではない。だからこの男は底抜けに明るく、その明るさで人を惹きつけたのだろう。

笑うことさえ、必死なのだ。

せめて、この男との別れには全力で笑って送ってやろう。そう思った倫太郎の笑い声は、藤吉郎とともに夜空に吸い込まれていった。まだ天下人ではないひとりの友、木下藤吉郎との別れであった。

階下に降りて売り場に戻ると、大村をはじめ、こがね庵の面々が倫太郎を待っていた。そして、そこに天乃の姿はなかった。

「田宮さんは?」

倫太郎は恋に尋ねた。

「タケダコンサルティングで打ち合わせがあるから、と言って先に出たよ。兄やんによろしく伝えておいてって。また改めて挨拶するって」

「そうか」

「武田さん」

大村が倫太郎の前に進み出ると、深くお辞儀した。

「あんたのおかげで、こがね庵の有終の美を飾れた。本当にありがとう」

「有終の美? 田宮さんもさっきからおかしなこと言ってましたが、どういうことですか」

「やっぱり、あんたはなにも知らなかったんですな」

大村が得心したようにうなずいた。

「そもそも、このこがね庵は先代が亡くなったときに店じまいする予定でした。お嬢さんは跡を継ぐ気はなかったのでな」

「跡を継ぐ気はなかった?」

「お嬢さんはタケダコンサルティングに転職するために戻ってきただけなんです」

「なんだって?」

意外な大村の話に倫太郎は目を丸くした。

「なんでもタケダコンサルティングの社長から、こがね庵で新商品の開発と経営を両立させることを課題として出されたそうで」

大村の言葉で、倫太郎は天乃が言った〝卒業〟の意味を悟った。今回の催事の結果が最終試験だったのだろう。

「わしらも最初はそのことを聞かされていなかったので、お嬢さんが本当に店を継いでくれると思って喜んでおったんです。しかし……」

大村は言葉を切った。大村たちの非協力的な態度は、天乃の経営方針というより、入社試験に利用されることへの反発だったのだ。

「しかし、あんたが来て、わしらがやっとることは、今まで先代が大事にしていたものを壊すことだと気づいた。わしらはわしらの仕事を汚しとった」

大村の言葉に秀吉の言葉を思い出した。


「人に仕えてはいても心までは支配されぬ」

大村たちは、天乃のある意味自分勝手な意図に縛られ、それまで向き合ってきた仕事の仕方を曲げてしまったのだろう。

「お嬢さんが自分の思う道を進もうとしているように、わしらはわしらの道を素直に進もうと思った。武田さん……あんたのおかげだ」

「いや、私の力では……」

それを教えたのは自分ではなく、藤吉郎であり秀吉だ。倫太郎自身は、大村たちと同じで信次郎の意図に振り回され自分を見失いそうだった。

いや、今もまだそうかもしれない。

「今日は、わしらが働いてきていちばん楽しい1日だった。こがね庵で働き続けた最後の日がこんなにも充実した日になったこと、本当に感謝している」

大村はもう一度、深く頭を下げる。他の従業員たちもいっせいに頭を下げた。そして頭を上げたときに見せた彼らの笑顔は、倫太郎の目に眩しく、そして美しく映った。

13

「説明してくれ」

1週間後、倫太郎は信次郎を訪ねた。広々とした社長室で信次郎と向き合っている。倫太郎がアポイントを取ったとき、信次郎はそれを見抜いていたかのようにすぐにスケジュールを提示した。その用意周到さが、また倫太郎の癇に障った。

「田宮天乃さんの件ですね」

笑みを浮かべていた表情をスッと引き締めると、信次郎は頭を下げた。

「詫びてほしいわけじゃない。俺は事情を知りたいだけだ」

信次郎の態度にイラつく自分の感情を必死に抑え、なるべく平静を装って倫太郎は信次郎に尋ねた。信次郎は頭を上げると、ゆっくりと応接のソファに腰を下ろした。

「じつは、ある大きなプロジェクトを進めていまして、その中にホテルの経営があります。そのホテルの支配人を探していました。業界の経験者でなく、若い女性で、食品の開発ができる人です。田宮さんはその条件通りの人でしたが、面接を通して彼女のマネジメント能力に疑問を抱きました。ただ、まだ若いですし、その点を短期間に強化する必要があると思い、彼女の実家であるこがね庵の経営を任せて、その経過を見ることにしたんです。ただ、やはり問題があったので、兄さんのお力を借りようと思いました。背景の説明をしなかった点については反省しています」

「なぜ俺に説明しなかった」

「単に入社試験のようなものだとお知りになれば、本気で経営改善をしていただけないかと懸念しました」

「信用がないものだな」

「失礼しました」

信次郎はもう一度頭を下げた。

「ただ、今回もお見事でした。兄さんのおかげで彼女はマネジメントの要諦を掴めたと思います。また、ホテルで売り出す商品のマーケティングも行えました」

ホテルで売り出す商品というのは、こがね庵の新作である〝えがお〟のことだろう。こがね庵がなくなれば〝えがお〟はホテルの新商品として売り出すことも可能だ。

「お前や田宮さんは、それでいいだろう。しかし結果的に利用された人たちのことを、お前はどう思う」

倫太郎の脳裏には、あの夜のこがね庵の面々があった。天乃や信次郎にとって彼らは、ただの駒だったのか。それは倫太郎には納得がいかない。

「こがね庵の皆さんのことですね」

信次郎は穏やかな笑みを浮かべた。

「こがね庵は存続することになりました。従業員の皆さんは引き続き働いていただきます」

「なんだって」

「田宮さんからたっての希望がありました。それに今度、売り出そうとしている新商品も田宮さんの発案だけではなく、こがね庵の皆さんの力があってのものだと聞いています。新商品もこがね庵に発注するつもりです。新社長には工場長の大村さんについていただこうかと。私が個人で出資して正式にオーナーになります。こがね庵の皆さんを巻き込んだことへの、私なりの誠意です」

信次郎の話に倫太郎は言葉を失った。すべてに抜け目ない信次郎らしい処置だった。しばらく無言で信次郎を睨みつけていたが、舌打ちを一つして倫太郎は立ち上がる。このままここにいると、信次郎に対する敗北感で自分を見失いそうだった。

秀吉が言ったような自分の仕事だけにフォーカスする境地に達するには、まだまだかかりそうだ。

「また、お前の駒になったというわけか……」

「そういうことではありません。気配りが足りなかった点はお詫びします」

信次郎は頭を下げた。その言葉を遮るように倫太郎は立ち上がった。

「お前にはその気がないかもしれないが、その気配りが俺からすべてを奪っていく。これだけは覚えておけ」

倫太郎は信次郎に背を向けて、社長室の扉に向かった。


「次の仕事の依頼です」


信次郎はおもむろに社長室の大きな窓のブラインドをリモコンで下ろした。真っ暗になった部屋で倫太郎が立ちすくむと、信次郎は続いて大きなディスプレイにスイッチを入れた。まばゆい光とともに、画面に大きなホテルが映し出された。かなり古いホテルのようだ。

「山梨県にある小宮山ホテルです。今、わが社はこのホテルの経営権を巡って、外資系の投資会社と戦っています。ただ少し状況は芳しくありません。この案件を兄さんに受け持ってほしいと考えています。わが社の担当は、すでに解任しました」

倫太郎は信次郎を睨みつけた。

「それが田宮さんを支配人にするホテルか」

「ご想像にお任せします」

信次郎の表情は冷ややかなものに変わっていた。ディスプレイの光で陰影が際立つ端正なその顔は、いつもより青ざめていた。

「お前の反省とやらは言葉だけだな」

「私の立場になると、話せることと話せないことがあります。そこはご容赦ください。この案件は単純なホテルの買収ではありません」

信次郎の取り付く島もない言い方に、倫太郎は溜め息をついた。

「そんな大変そうな案件を俺ひとりに任せる気か」

「いえ、強力な助《すけ》っ人《と》をひとりつけます」

「強力な助っ人？」

「正確には強力な〝ヒトガタ〈3〉〟と言ったほうがいいですかね」

信次郎はニヤリと笑った。

「ヒトガタだと？」

「兄さんと違って私はひとりしか召喚できませんが」

〈3〉ヒトガタ　陰陽師が使う術式によって蘇った死者の魂

信次郎はそう言うと、倫太郎の後ろを指さした。振り向くと、そこには、ひとりの男が立っていた。坊主頭で左目に眼帯が巻かれ、背は低いもののがっちりした肉体を黒い甲冑《かっちゅう》で包んでいる。そして左手には杖《つえ》。真っ黒に日焼けした顔には深いシワと、額に残る大きな傷。細い目からは鋭い光が放たれている。ひと目でこの世の者でないことがわかる。

「私の守護霊です。この者と一緒に案件に当たってください」

信次郎の言葉を受け、男は倫太郎に近づいた。

「**初めてお目にかかる。拙者、山本勘助と申す**」

2

石和温泉ホテル買収騒動

1

今年は、例年よりはるかに夏が長い。もう10月も半ばになろうというのに、日中は30度近くまで気温が上がる日もある。倫太郎はジャケットを脱ぎ、ワイシャツの袖で汗を拭った。

「タクシーに乗りゃよかった」

思わず愚痴が出る。山梨県は盆地で熱がこもりやすい。湿気を含んだ熱気のせいで、実際の気温よりも体感ははるかに暑い。

「ったく、なんで俺がこんな目に……」

倫太郎は、山梨県の石和温泉駅の北口を出て、住宅街を抜け、物部神社の方向に進む。さほど長い距離ではないが、汗は止まることなく流れ落ちていく。


「**仕事**を**成**すには、その**土地**を**己**の**身体**で**知**る。**一瞬**で**通**り過ぎてしまえば気づかぬことも見えるものでござる」

倫太郎の前を歩く山本勘助は、振り返ることもなく、ぶっきらぼうに言った。杖をつきながら右足を引きずるように歩く勘助だが、その歩みは恐ろしく速い。倫太郎は息を切らせながらついていく。

「あんたはずっと信次郎に憑《つ》いているのか」

倫太郎は、勘助の背中に声をかけた。

「左様」

勘助はぶっきらぼうに答えた。

「あいつが霊を呼べるなんて知らなかった」

「信次郎様が拙者を呼んでいるのではござらぬ。我らは武田の血を引き継ぐ方々に、あらかじめ〝ヒトガタ〟として憑いているのでござる」

勘助は足を止めると、倫太郎のほうに顔を向けた。

「**倫太郎殿**のように**自在**にヒトガタを**召喚**できる**術者**がいたとは、**知**りませなんだ」

「自在に呼べるわけじゃない」

倫太郎は苦笑した。

「勝手に現れるんだ」

「あそこでござる」

勘助は、倫太郎の返事には反応せず、杖で前方を指した。その先には古く、こぢんまりとしたホテルがあった。小宮山ホテルと書かれた古めかしい大きな看板が歴史を物語っている。

「ずいぶん古いホテルだな」

外資との買収合戦と聞いていたので、もう少し近代的なホテルをイメージしていたが、実際目にした外観は想像以上に古い。ホームページで見た写真より、はるかに古い印象だ。

「まずは**相手**の**出方**を**見**ることでござる」

勘助はいかにも軍師然としたことを言った。この日、倫太郎は支配人の袴田と会う予定になっている。

「出方か。まぁ、まずは相手がなにを求めているのかがわかればな」

倫太郎は独り言のようにつぶやいた。

「支配人の袴田と申します」

人気の少ないラウンジで倫太郎に挨拶をした袴田は、歳のころは60過ぎ、長身でまるで枯れ木のように痩せている男だった。顔に刻まれた無数のシワが表情を見えにくくし、気難しさを感じさせる。

「武田倫太郎です」

倫太郎は名刺を差し出し、頭を下げた。隣にいた勘助は姿を消していた。

「どうぞ、お座りください」

袴田は倫太郎に椅子を勧め、自身も腰を下ろした。

「わざわざいらしていただいてなんですが、私どもとしましてはライジングストーン・インベストメントさんとのお話を進めたいと思っています」

ちょっとした世間話をする間もなく、袴田はいきなり本論を切り出した。しかも有無を言わさぬ口調だ。

「そうですか」

倫太郎は平然とうなずいた。そもそも倫太郎にはあずかり知らぬことだという前提がある。結論が出ているなら、このめんどうな仕事のケリが早くつく。それはそれでいい。

「ご担当が替わられたばかりで、こういう話は申し訳ありませんが」

ちっとも申し訳なさそうではない調子で袴田が言った。

「それが結論なら仕方ないですが、なぜそうなったのかを伺ってもよろしいですか」

子どもの使いではないので、最低限の仕事はしておく必要がある。

「条件面です」

「ライジングさんのほうが高値でしたか」

ライジングストーン・インベストメントは最近、日本の不動産を買い漁《あさ》っている外資系の投資会社だ。資金面では糸目をつけず買いに走るケースもある。

「いいえ。買い付けの価格は、むしろ御社が上でした」

「ほう」

意外な袴田の返答に倫太郎は首をひねった。

「では、どんな理由で？」

「御社の条件には経営陣の入れ替えがありましたが、ライジングストーン・インベストメントさんは、経営陣はそのままで雇用も守るということでしたので」

「なるほど」

タケダコンサルティングが買収を検討する際は、対象となる企業を徹底的に調査する。そして確実に再建を果たし、新たな事業譲渡先を決めることで大きな利益を得るのが常だ。そのタケダが経営陣を入れ替えると判断したなら、経営不振の原因は経営陣にあると結論づけたのだろう。

「私どもには従業員の雇用を守る責任があります。事情を知らない新しい経営者が従業員を守れるとはかぎりません」

守りたいのは自分の立場だろうと思ったが、それは口にしなかった。代わりに手元に用意した資料をめくる。

「オーナーは小宮山美紀さんとなっていますが、このことを了承されているのですか」

一瞬、袴田の表情が変わったのを倫太郎は見逃さなかった。

「もちろんです」

しかし袴田はすぐに表情を戻し、落ち着いた声色で答えた。倫太郎はそれ以上、突っ込むことはせず、いったん引き下がることにした。取り付く島もない袴田にこれ以上話をしても時間の無駄だと思ったのだ。

「袴田さん。御社のご意向はわかりましたが、私としても〝はいそうですか〟というわけにはまいりません。しばらく、こちらで時間をいただいていいですか」

「こちらで?」

袴田は怪訝《けげん》な表情をした。倫太郎はクスリと笑った。

「なに、時間稼ぎですよ。いろいろ交渉したんですが無理でしたという言い訳をしないと会社も納得しないもんで。2、3日、こちらに泊めていただいて、それから東京に戻り報告します。きちんと宿泊代もお支払いいたしますから、ご安心ください」

「そういうことでしたら」

袴田は、ほんの少し表情を緩めてうなずいた。

「あんたは、どう見た?」

用意された部屋でくつろぎながら、倫太郎は勘助に尋ねた。袴田が用意してくれた部屋はスイートルームだ。支払いはシングルルームの金額でいいということで、思いのほか好待遇である。洋室のツインルームに6畳の和室がついていた。さすがに年季は入っているが、部屋はすみずみまで手入れが行き届いている。

「あの者は、言わば城代〈1〉ですな。大将ではない」

「そうだな。オーナーがどう思っているか調べないと」

「おそらく、あの者は大将と深く話をしていないと思いまする」

勘助は和室の窓から見える山を感慨深げに眺めながら言った。考えてみれば、このあたりはかつて武田家の領地だった。いくら時代が変わっても、勘助にとっては故郷のようなものなのだろう。

「オーナーの話をしたときに顔色が変わったようだが……」

「さすがは倫太郎殿でござる」

勘助は、視線を窓から倫太郎に戻した。

「今、オーナーには連絡を取っている。買い取り価格はこっちが上なんだから、オーナーはこちらのほうがいいかも」

倫太郎は浴衣に着替えながら言った。せっかくなので温泉を楽しみたい。正直なところ、このホテルを誰が買い取ろうが知ったこっちゃない。勘助は、信次郎が派遣した監視役のようなものだから、一応やる気を見せておくだけだ。

そのときスマートフォンが鳴動した。画面を見ると恋からである。

「もしもし」

「小宮山美紀の連絡先、わかったわよ」

恋がめんどうくさそうに話す声が聞こえた。

「タケダコンサルティングに調べてもらうのに、なんでアタシを通すのよ」

「聞き忘れてたんだ」

チッと舌打ちが耳に届く。忌々しそうにする恋の表情が思い浮かび、倫太郎は苦笑した。

「小宮山美紀28歳。今は市役所で働いているそうよ」

「28歳？　若いな」

「前オーナーの小宮山信茂は祖父で、父親は早くに亡くなったって。母親も3年前に病死。最初はホテル経営にも参画したようだけど、従業員とうまくいかなくなって辞めたそう。そ

〈1〉城代　城主が留守の際に、城主に代わって城と領土の守備を任された家臣

のあと市役所に就職」

「そういうことか」

袴田の暗い表情が蘇る。オーナーであるとはいえ、美紀のような若い女性が袴田をコントロールするのは難しいだろう。

「タケダコンサルティングも何度かアプローチしたけど、ホテルのほうは支配人に一任しているということで会えなかったみたいよ」

「そうか。わかった、ありがとう」

「ホテル時代の写真があったから送っておく」

恋はそう言うと電話を切った。

しばらくすると恋からメールが届き、美紀の写真が添付されていた。小柄でスレンダー、ショートボブの黒髪に一重まぶたの切れ長な目、そして白い肌。希望に満ち溢《あふ》れた屈託のない笑顔には、なんとも言えない魅力がある。


翌日、倫太郎は笛吹市役所に出かけた。市役所は、小宮山ホテルと石和温泉駅を挟んで反対側、笛吹川を並走する県道310号線沿いの見晴らしのいい場所にある。どの部署に勤めているのかは聞き忘れたので、とりあえず市民課で小宮山美紀の名を尋ねてみた。すると市民課にいるので、声をかけるとのことだった。

しばらくすると、美紀が窓口に現れた。写真よりも痩せて髪は伸びており、薄いメイクのせいか少し目つきが鋭く、近寄りがたい雰囲気を漂わせている。

「小宮山ですが、どちらさまですか」

「武田といいます」

倫太郎はタケダコンサルティングから支給されている、タケダの役職が記された名刺を差し出した。美紀の表情がみるみる曇る。

「なんの御用ですか」

「小宮山ホテルの件で……」

「その話なら私からはなにもありません！　すべて支配人に任せているので」

問答無用で倫太郎の言葉を遮ると、美紀は背中を向けて立ち去った。

「困ります。勝手にオーナーのところに押しかけられては」

ホテルに戻ると、フロントで待っていた袴田が無表情のまま言った。

「ホテルについては私が一任されております」

いっさい感情を感じさせない話しぶりだ。

「そうおっしゃっていましたね」

倫太郎は頭を掻いた。

「しかし私も、オーナーにすら会わずに帰るわけにはいきませんでね。最低限の仕事はしないと。私の立場もわかってください」

そう言って、袴田に深々と頭を下げた。あくまで形だけという姿勢をとる。それも、まるっきり嘘ではない。

「頭をお上げください。頭を下げている倫太郎を見下ろし、今後はオーナーには接触しないでください。それがオーナーの意向でもありますので」

と抑揚のない口調で袴田は念を押すと、そのまま背中を向けて去っていった。美紀が誰とも会いたくないと伝えたのは間違いない。

「もう少し探ってみるか」

倫太郎はつぶやいた。


倫太郎は部屋に戻ると浴衣を抱えて大浴場に向かった。平日であまり他の客はいない。まだ夕刻のこの時間なら、ほぼ貸し切り状態だ。

石和温泉の歴史は意外に新しく、1956年に小松遊覧農場を経営する小松導平が私費を投じて掘削したところ、温泉が湧出したとされる。その後、高速道路の整備とともに高度経済成長の波に乗り、都心からのアクセスのよさも重なって温泉街として発展した。泉質は、アルカリ性単純泉の無色無臭で入りやすいが、温泉マニアには少し物足りないかもしれない。
小宮山ホテルの大浴場は手入れが行き届いているものの、ある意味、無個性というか、あっさりした印象は否めない。肩まで湯に浸《つ》かり、せめて露天風呂くらいあればいいのにと倫太郎は思いつつ、頭を回す。その瞬間、いつもの感覚が倫太郎の身体を駆け抜けた。霊が降りてくるときの、あの感覚だ。

「いきなり湯に放り込まれるとは、なんともじゃ……役得と言おうかの」

湯煙の中でしゃがれた声が響いた。声のする方向に顔を向けると、髷《まげ》を結い、真っ黒に日焼けした男がいた。ギョロリとした大きな目に、大きな鼻。歳のころは20代半ばだろうか。

「わぬしがわしを呼んだのか」

その若い男は大声で倫太郎に話しかけた。
「あんたは?」
たくさんの霊を見てきたが、初見で誰かわかることはほぼない。明治あたりの人物で写真が残っていればわかることもあるが、倫太郎の前に現れるのは戦国時代の霊が多い。まずは誰かの確認から会話を始めることになる。

「わしは武藤喜兵衛じゃ」

男は答えた。驚いたか、というトーンだが、残念ながら倫太郎の記憶に武藤喜兵衛なる人物は存在しない。

「武藤……？」

首を傾げる倫太郎を見て、若い男はひどく傷ついた表情を浮かべた。

「武田信玄公、勝頼公の馬廻《うままわり》を務めておる武藤喜兵衛じゃ！　わぬし、武田家の末裔《まつえい》であろう！　なら、わしのことは知っておるはずじゃ！」

「すまん。知らん」

下手に期待させるのも申し訳ないので、はっきりと告げた。スマートフォンが手元にあれば調べられるが、残念ながら今は風呂の中だ。

「なんと情けない……。こりゃ、わしはなんの役にも立たず死んだのやもしれん……」

しょげ返った喜兵衛は、そのまま湯船に沈んでしまいそうだ。

「**喜兵衛**ではないか」

そのとき、深みのある低音が聞こえた。

「**山本様!**」

喜兵衛が喜びの声を上げて立ち上がった。倫太郎の顔の前に喜兵衛の大事なものがぶらりと揺れる。倫太郎は舌打ちして喜兵衛に背中を向け、声のした方向を見た。山本勘助が服を着たまま、洗い場の風呂イスに座っている。

汗をダラダラ流している姿は、なかなかの違和感だ。

「**真田**の**小**《こ》**倅**《せがれ》をお**呼**びになられたか。**面白**し」

勘助はちっともおもしろくなさそうな表情で言った。

「なるほど……。真田昌幸を名乗る前の名前か……」

風呂から上がってスマートフォンを見ながら、倫太郎はつぶやいた。目の前にいる、いかにも小生意気な若武者は、のちに戦国有数の策謀家として知られる真田昌幸の前身である。昌幸は、真田家の三男坊として生まれたため、早くに武藤家に養子に出された。彼の主である武田信玄は昌幸こと喜兵衛の才に目をつけ、そばに置いて育成した。信玄は言わずと知れた戦国最強の武将だ。かの織田信長も、信玄の存命中はひたすら恐れた。徳川家康は信玄に立ち向かい、まさに木っ端みじんに打ち破られて命からがら敗走している。

喜兵衛は信玄の跡を継いだ勝頼にも重用され、親衛隊のような役割を果たす馬廻衆に起用された。織田信長と戦い惨敗となった長篠の戦いで、長男の真田信綱、次男の昌輝が戦死したことを受け、三男坊が真田家を継いだ形だ。武田家滅亡後は、次々と臣従する相手を変え〝表裏比興〈2〉の者〟と呼ばれる。そのしたたかさで武田滅亡後は戦の強さ比類なしと言われた徳川家康率いる徳川軍を、二度にわたり打ち破ったことで武名を天下に轟《とどろ》かせた。

「**倫太郎殿**は、**喜兵衛**を**軍師**として**雇**われたのでござるか」

勘助は、冷ややかな目で喜兵衛を見ながら倫太郎に尋ねた。

「雇うもなにも勝手に現れたんで……」

倫太郎は正直に答えた。

「**山本様！　わしはもう立派に仕事できまする**」

喜兵衛は頬をふくらませた。その振舞いはまだ子どものようだ。しかし勘助は、そんな喜兵衛に反応せず、完全に無視して倫太郎に話しかける。

「**貴方様**が**喜兵衛**を**使**うというなら、それもよい。**拙者**は、**貴方様**の**動**きを**確認**するのが、そもそもの**役目**。**喜兵衛**が**補佐**するというなら**拙者**の**手間**が**省**けまする。それはそれでよい」

勘助の言葉に倫太郎は顔をしかめた。勘助に見張られていることはわかっていたが、面と向かって言われると少々ムカつく。

〈2〉表裏比興　知謀と武勇を併せ持つが、表裏ある食わせ者

「主様！　わしを雇ってくだされ！　わしが一人前であると山本様に知ってもらいたいのじゃ！」

喜兵衛は倫太郎を主と呼んで迫ってきた。これを抜け抜けと言う面の皮の厚さはさすがだ。

「調略は真田のお家芸じゃ！」

喜兵衛は真っ黒な顔をぐいぐい近づけてくる。

「うーん」

倫太郎としては適当にやり過ごして、ゆっくりと温泉旅行にしてしまうつもりだったのが、妙にやる気に満ちた喜兵衛の登場は迷惑でもある。

「山本様！　わしゃ、必ずこの調略をやり遂げてみせる。この武藤喜兵衛。歳は若いが、山本様に負けない知恵者じゃ！」

倫太郎が当てにならぬと思ったか、喜兵衛は勘助に猛烈にアピールを始めた。

「喜兵衛、たしかに真田殿は調略がお得意じゃ。しかし、それはお前の父・幸隆殿の話であって、お前が同じようにできるとはかぎらぬ」

勘助は、わざと喜兵衛を挑発するように言った。

「**わしはできる！**」

喜兵衛は叫んだ。倫太郎は勘助の魂胆が読めた。倫太郎と喜兵衛に仕事を押し付ける気だ。今の状況でタケダコンサルティングが小宮山ホテルの買収を成功させる可能性は、ほぼない。であれば、その責任をすべて倫太郎と喜兵衛に被せてしまおうという肚だろう。

「ま…まぁ、喜兵衛も参加すればいいと思うけど、勘助氏は信次郎から派遣されているわけだから、ここはみんなで仲よく……」

「**わしひとりで大丈夫じゃ!!**」

喜兵衛は叫ぶと、勘助の前に土下座をした。

「この武藤喜兵衛、一生のお願いでござる。どうか、このお役目をわしにお任せくだされ！」

一生もなにも、お前はすでに死んでいる。

喜兵衛の押しの強さはなかなかのもので、畳に何度も頭をこすりつけている。勘助は、じっとそんな喜兵衛を見ていたが、フッと息を吐き、そしてほんの少し笑みを浮かべた。

「**喜兵衛**の**想**い、**伝**わった。**存分**にするがよい」

「おいおい……」

勘助の芝居じみた反応に、倫太郎は思わず口を挟んだ。これまでもたくさん英傑の霊を見てきたが、不思議なほど共通しているのは芝居がかっていることだ。このときの勘助も、大仰な芝居で喜兵衛の申し出を受けることで本心を隠した。

「ありがたき幸せにございます！」

喜兵衛は涙を流し、平伏した。こちらも、のちの真田昌幸だ。英傑の資質は十分持ち合わせており、これまた大仰な芝居で返した。

「だから、俺は納得してないぞ」

慌てて倫太郎はあいだに入ったが、手遅れだった。

「**倫太郎殿**。**聞**いた**通**りじゃ。そもそも**貴方様**が**喜兵衛**を**召喚**したゆえ、**喜兵衛**に**働**き**場**を**与**えてやってくださいませ」

勘助はそう言い残すと、己の姿を空中に溶かしていった。

2

翌日、倫太郎は美紀に会いに、喜兵衛と笛吹市役所に向かっていた。時刻は16時30分を回っている。晩秋となり日は短くなったが、まだまだ路上には熱気がこもっていた。歩いているだけで汗が滴る。

「まずは敵の大将と、なんとしても話をせねばなりませぬ」

「敵ではないだろう」

倫太郎は小声で答えた。

「そういう考えが甘いのでござる」

喜兵衛は頬をふくらませた。

「我らはなんとしても小宮山ホテルとやらを手に入れるのが役目じゃ。それを拒んでいる以上、敵とみなしたほうがよい」

「別に敵対しているわけじゃないし、こっちが勝手に申し入れているんだから拒むもなにも相手の自由だ」

気負う喜兵衛を持て余すように倫太郎は言った。

「よいですかの。調略の極意は、相手に油断せず、相手を油断させる。したがって、相手を敵と思うぐらいの覚悟がないと事は成せませぬ」

「わかったわかった」

喜兵衛を相手にしても堂々巡りになりそうなので、倫太郎は適当にあしらうと歩みを早めた。人も増えて来たので、喜兵衛に返事もできない。倫太郎が黙り込んだので、喜兵衛は不満げな顔をしながらついてくる。

笛吹市役所の職員出入り口の近くまできて、そこで美紀を待つことにした。職員出入り口は、幹線道路と笛吹川に面した表玄関口の裏側にある。川辺の斜面の上に建っていることもあり、土手の下側の住宅街までは急斜面だ。下り坂になっている道路沿いの階段を上って、出入り口の近くに陣取り、近くの自販機でアイスコーヒーを買った。

「倫太郎殿は武田の嫡流でござるか？」

退勤時間まではまだ少しある。缶コーヒーのプルタブを引く倫太郎に喜兵衛が話しかけた。

「どうだろうな。よくわからん」

倫太郎は小さく答えた。そもそも武田家は信玄の跡を継いだ勝頼の代で滅びている。最後の当主、武田勝頼は妻子とともに自害しており、おそらくそこで武田直系の血は絶えているのではないか。ただ、そのことを喜兵衛に伝えるのは酷な気がして、倫太郎は口をつぐんだ。

「まさか、こうして時を経て、信玄公のお血筋のお方と仕事ができるとは……。亡き父上はなんとおっしゃるだろうて……」

そう言う喜兵衛も死んでいるのだが。

どう反応していいかわからず、倫太郎は宙を見上げて缶コーヒーを一気に飲み干す。そして、ふと視線を職員出入り口に移すと、まっすぐな黒髪をボブにした女性が俯《うつむ》きがちに現れた。美紀だ。

「おでましだ」

倫太郎は、美紀に近寄った。

「すみません」

倫太郎の出現に美紀は驚いたように顔を上げた。倫太郎が、昨日現れた不躾《ぶしつけ》な男だとわかると、その美しい眉間にシワが寄る。

「なんでしょうか」

一生頭がよくなり続ける すごい脳の使い方

加藤俊徳 著

学び直したい大人必読！大人には大人にあった勉強法がある。脳科学に基づく大人の脳の使い方を紹介。一生頭がよくなり続けるすごい脳が手に入ります！

定価＝1540円（10%税込） 978-4-7631-3984-9

やさしさを忘れぬうちに

川口俊和 著

過去に戻れる不思議な喫茶店フニクリフニクラで起こった心温まる四つの奇跡。
ハリウッド映像化！世界320万部ベストセラーの『コーヒーが冷めないうちに』シリーズ第5巻。

定価＝1540円（10%税込） 978-4-7631-4039-5

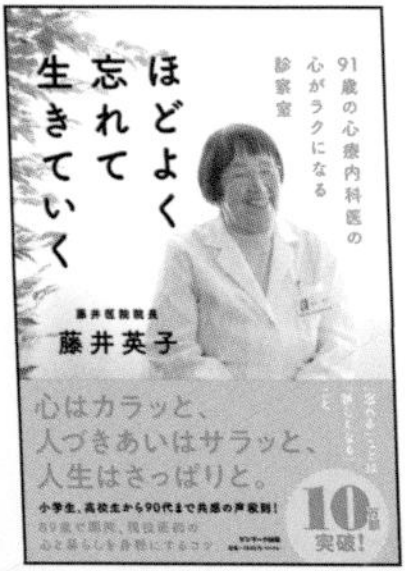

ほどよく忘れて生きていく

藤井英子 著

91歳の現役心療内科医の「言葉のやさしさに癒された」と大評判！
いやなこと、執着、こだわり、誰かへの期待、後悔、過去の栄光…。「忘れる」ことは、「若返る」こと。
心と体をスッと軽くする人生１００年時代のさっぱり生き方作法。

定価＝1540円（10%税込） 978-4-7631-4035-7

電子版はサンマーク出版直営

「少しだけ時間をもらえませんか」

「昨日、お伝えしたはずです」

「はい、そのことは理解しています。今日は別のお話をしにきました」

「別の話?」

「あなたは小宮山ホテルが潰れてもいいと思ってらっしゃるんですね」

「潰れる?」

美紀の表情にほんの少し動揺が走った。

「潰れるという表現は正しくないかもしれません。ただ小宮山ホテルという存在はなくなります」

倫太郎の強い言葉に美紀の視線が泳いだ。

「説明させてもらえますか」


美紀は倫太郎の誘いに応じる形で、喫茶店に場所を移した。

市役所からは少し離れているが、最近ではあまり見かけない昔ながらの純喫茶だ。禿《は》げ上がった頭で痩せ細った老齢のマスターが、時間をかけて淹れたコーヒーの香りが鼻腔《びこう》をくすぐる。美紀には見えないが、倫太郎の隣には喜兵衛が小鼻をふくらませて座っている。

「ライジングストーン・インベストメントは、これまでもホテルを買収していますが、いずれも彼らのノウハウを導入して接客からサービス、設備に至るまで統一します。もちろんホテル名も変わり、歴史ある小宮山ホテルは跡形もなくなります」

倫太郎の説明に、美紀は溜め息をついた。

「従業員はどうなりますか」

「これまでの例からすると、買収後の方針を受け入れれば残ることはできます」

「タケダさんは、経営陣の総入れ替えを条件にされました」

「我々は小宮山ホテルの存続を目指しています。したがって現経営陣は、適任ではないということです。従業員の皆さんの雇用はある程度守れます」

「それでは意味がないんです」

美紀は首を振った。

「私は袴田さんに経営を一任しました。袴田さんが今の地位に留まることが条件です」

「なぜ、そんなに袴田にこだわるのかのう」

喜兵衛が隣でつぶやいた。

「袴田さんの経営能力では、仮にライジング傘下に入ったとしても結果を出すことは難しく、いずれ外されることになりますよ」

「そのときは仕方ないですが、少なくとも私の意志で袴田さんを外すことはありません」

美紀は穏やかに答えた。しかしその表情は硬い。


「袴田を残す形なら目はあるのかの」


喜兵衛が倫太郎にささやく。

「もし、うちが袴田さんを残すという判断をしたらオーナーのお気持ちは変わりますか」

「袴田さんはライジングさんを選びました。それが答えです」

「釈然としませんね」

倫太郎は慎重に言葉を探した、と同時に頑なな美紀の態度に興味も湧いてきていた。

「あなたはオーナーです。あなたの意思はどこにあるのですか」

「私の意思?」

美紀は小首を傾げた。そしてクスリと笑った。

「そんなものは、しばらく前に捨てました」

「捨てた?」

「正直なところ、今の私はホテルで働くみんながよければなんでもいいんです。私は誰の邪魔にもなりたくないんです」

「邪魔？」


「**袴田に弱みでも握られてるのかのぅ**」


喜兵衛は、美紀の表情から真意を読み取ろうと身を乗り出した。美紀には喜兵衛の姿が見えないので、美紀の顔に己の顔が密着するほど近づけている。やめろとも言えないので、倫太郎は顔をしかめるしかない。

「あのホテルは、法律上は私の所有物かもしれませんが、私ひとりで運営できるわけではありません。従業員がいなければただの箱です。その意味では、従業員のものとも言えます。いいえ、むしろ従業員のものなのです。従業員と信頼関係のない私がホテルを所有している意味はありません。今回の件で、私の手から離れ所有する意味のある方の手に移れば、それで問題ないのです」

美紀の言葉には強い意志が込められていたが、同時に、どこか寂しげな響きもあった。

「あなたにとって不利な条件でもですか」

「不利な条件？」

「買い取り価格です」

倫太郎は鞄から書類を取り出した。

「ライジングはタケダよりずいぶん安いです。大損ですよ」

「そんなこと」

美紀は笑顔で首を振った。

「どうでもいいことです。私にとっては、どちらも大金です。どうせ自分で稼いだものではないですから」

「そうでしょうね」

倫太郎は苦笑して肩をすくめた。

「お手上げです」

倫太郎は喜兵衛に聞かせるように言った。

「タケダさんはこのホテルを買い取って、どうしようと思われているんですか」

「どうするんでしょうね」

美紀の逆質問に倫太郎は首を傾げた。改めて聞かれると、少し腑に落ちない。これまでもタケダがリゾートホテルを買収した例は多々あったが、いずれも小宮山ホテルとは比べ物にならない大箱だ。ここは規模が小さすぎる。

「まぁ、なんか理由があるんでしょう」

倫太郎は鼻を掻いた。美紀は、そんな倫太郎を見てクスッと笑った。

「担当者なのに、いい加減なんですね」

「買ったあとのことは私の仕事じゃないんで」

「武田さんはタケダコンサルティングの経営陣じゃないんですか？」

美紀はテーブルの上にある倫太郎の名刺を手に取りながら言った。

「あぁ、名前ね」

倫太郎は困った表情を浮かべた。この手の質問は、いつも返答に困る。

「創業者の血族ではありますが、今はしがない下請け業者です」

「下請け？」

美紀には話しておいたほうがいいだろう。倫太郎は自社名の入った名刺を差し出した。

「武田経営研究所……」

「もともとタケダコンサルティングは、ここから独立しましてね。武田経営研究所は私の祖父がつくった会社ですが、独立したほうがすっかり大きくなってしまいまして。跡を継いだ私もボンクラで、独立した会社からこうして仕事をもらう有様です」

「そうなんですね……」

美紀の表情が少しやわらかくなった。

「プライドを捨てれば、それもまた楽しです」

「プライド……」

「私には、あなたの本心がわかりません」

倫太郎はコーヒーをすすった。美紀の表情が再び硬くなる。

「あなたの現時点でのお考えは理解しましたが、その考えのベースにあるあなたの本心がわからない。それがわかれば、この件は諦めましょう」

「私は本音でお話ししているつもりです」

「本心というのは、自分ではわからないこともあるもんです」

倫太郎はそう言うと、伝票を握って席を立った。


「たいへん申し訳ありませんが満室になってしまいまして」

ホテルに戻った倫太郎を待ち受けていたのは支配人の袴田だった。

「お泊めできなくなり申し訳ございません」

袴田は無表情のまま頭を下げた。その背中には、問答無用の強い意思が感じられた。

「わかりました」

倫太郎は素直に応じた。袴田の態度から、ここでなにを言おうと拒絶されるのが見えていたからだ。喜兵衛は隣で仏頂面をしている。

「できれば、もう結論としていただきたいのです」

部屋に荷物を取りに行こうとした倫太郎に、袴田の声が追いかけてきた。

「私の考えもオーナーの考えも、変わることはありません」

倫太郎は振り向いた。

「これ以上は、お互いに時間を浪費するだけです」

「袴田さん」

倫太郎は身体を袴田に向けた。

「あなたがおっしゃる通り時間の無駄かもしれませんが、少なくともまだライジングさんと契約を結んでいない以上、私も諦めるわけにはいきません」

倫太郎は小宮山ホテルを出て、駅の反対、南側にある温泉街のこぢんまりとした旅館〝のぶかど〟に宿を移した。六畳ほどの和室で、喜兵衛と向き合っている。


「さすがは由緒ある武田家の末裔じゃ。すっかり見直したぞ！ようやくやる気になってくれて嬉しいわい」

「もう少し温泉でゆっくりしたかっただけだ」

倫太郎は素っ気なく答えた。

「嘘をつくでない。あの袴田を見たときの目は、なかなかの気迫だったぞ」

喜兵衛は愉快そうに膝を叩いた。頑なな袴田の態度に腹が立ったのは事実だが、それとは別の思いが倫太郎に芽生えていた。美紀と話してみて、袴田がライジングを選んだ裏に、こちらが気づいていない、もう少し深いなにかがありそうだと思った。それを知りたいという欲求のほうが強いのかもしれない。

「喜兵衛はどう思うんだ」

倫太郎は喜兵衛に水を向けた。

「わしらは知らないことが多すぎる」

喜兵衛はトントンとこめかみを叩いた。

「まず肝心のらいじんぐとやらの条件じゃ。それと、こちらの条件。さらには袴田と小宮山の姫の関係、そして……」

ここで喜兵衛は言葉を切った。

「なぜタケダが小宮山に固執しているかじゃ。タケダからすれば小さな商いじゃし諦めても不思議ではない。にもかかわらず山本勘助様まで駆り出しておるわけじゃ。そこになにか肚があるのではないか」

倫太郎はうなずいた。それは美紀に問われ、たしかに疑問を抱いたことだ。

「勘助氏に聞けないかな。喜兵衛は勘助氏と同僚だったわけだし」

「それは無理じゃ」

喜兵衛は顔をしかめた。

「あの御仁は、必要なことはあらかたご自身からお話になる。それ以外は、たとえ味方でも口を開かぬ」

「厄介なヤツだな」

「それくらいでなければ武田家の軍師は務まらぬわい。わしなんぞは口が軽いとお館様〈3〉に叱られるでの」

喜兵衛が愉快そうに笑ったとき、ふすまの向こうで声がした。

「お食事をお持ちしました」

ふすまが開き、顔を出したのは旅館の女将《おかみ》だった。小宮山ホテルではレストランでの食事だったので、部屋でゆっくり食事できるのは風情があっていい。女将は50過ぎであろうか、愛想がいい。手際よく料理を並べながら、倫太郎に話しかける。

「お客さんは、お仕事ですか」

「ええ、まぁ……。昨日までは駅の反対側の小宮山ホテルにいたんだけど」

「あぁ……小宮山さんね……」

倫太郎の言葉に料理を並べる女将の手が一瞬止まった。

「小宮山さんは、たしかどこかに売られるとか……」

喜兵衛がそっと倫太郎に目配せをした。

〈3〉お館様　ここでは武田信玄を指す

「その小宮山ホテルを買いに来てるんだよ」

「あれ！　まぁ！」

女将は大仰に驚いてみせた。

「振られそうなんだけどね」

「あら、それじゃ、あの外国の会社が……」

「女将さん、よく知ってるね」

女将が存外、小宮山ホテルの状況に詳しいことに倫太郎は興味を抱いた。

「知ってるもなにも、あのライジングとかいう会社、このあたりにもずいぶん声をかけて回っていらしたから」

「この旅館にも？」

「うちは残念ながら」

女将は手を振りながら笑った。

「声がかかってもお断りしますけど」

「どういうことですか」

倫太郎は身を乗り出した。

「このあたりは、どこも組合に入っていて何事も協力し合っているんです。自分だけがいいという考えでは成り立ちません。そもそも温泉そのものが共有財産ですから。みんなコロナ禍で経営が苦しくなりましたけど、だからと言って、なんでもありというわけではないんです。声がかかったところの話では、経営者と従業員はそのままらしいですが、経営方針はすべて本社で決められ、それに従うということで。それでは、なかなか……」

女将は、倫太郎にグラスを手渡してビールを注いだ。

「それに買い取り価格が安すぎるそうです」

少し冗談めかした感じで女将は言った。倫太郎はビールをグイッとあおると女将に尋ねた。

「それじゃ、なぜ小宮山ホテルはそちらを選んだんでしょう」

「私は当事者じゃないからわかりませんけど……。まぁ小宮山さんは、組合にも入ってらっしゃらない独自路線ですからねぇ」

「独自路線?」

「こんな言い方はなんですが、小宮山さんは同業者にあまり評判がよくなくて……。お孫さんが社長になられたときは少し変わりそうだったんですけどねぇ」

「お孫さんというと、小宮山美紀さんですか」

「そうそう。美紀さんは組合に入ろうとしたり、一緒に企画を考えようとしたりしてくれたんですけどね……。すぐに辞めちゃって……」

「支配人の袴田さんが追い出したんですか」

「袴田さん？」

女将は首を傾げた。

「袴田さんはそんなことするわけないと思いますけど……。評判が悪かったのは先代のほうでねぇ。袴田さんは私たちと先代のあいだに入って、ずいぶんご苦労されていたんですよ」

「それは……」

倫太郎がさらに身を乗り出すと、女将はハッとしてつくり笑いを浮かべ、腰を浮かせた。

「あら、私ったらよそさまの悪口言ってるみたいで……すみません。ごゆっくりなさってくださいませ」

倫太郎が引き留める間もなく、女将は部屋から出ていった。

夕食後、倫太郎と喜兵衛は〝のぶかど〟の自慢という露天風呂に入っていた。幸いなことに他の客の姿はなかったので、喜兵衛と言葉を交わせる。

「やはりあれじゃな。もう少し小宮山の姫と袴田の関係を探ったほうがよさそうじゃな」

「そうだな。小宮山ホテルの評判の悪さも気になるところだ」

「そもそもじゃが、わしゃ気になることがある」

喜兵衛は湯をばしゃりと顔に浴びせた。もしここに他の人間がいれば、お湯が勝手に跳ねているように見えるだろう。まさに心霊現象だ。

「気になるとは？」

「このまわりには宿が多数あるが小宮山ホテルの周囲にはない」

「ふむ」

倫太郎は湯の中に深く身を沈めた。たしかに小宮山ホテルは石和温泉駅の北側にあり、北側には他に温泉宿はない。一方、南側は温泉街であり、市が管理する石和温泉の源泉もある。小宮山ホテルの立地は異質だ。

「事を仕留めるには準備が必要じゃ。敵を知ってこそ策がある。わぬし、ちと迂闊《うかつ》じゃぞ」

喜兵衛は小鼻をふくらませて倫太郎を睨んだ。

「え、俺を責めてるのか」

倫太郎は、いきなり自分に矛先が向いたので目を丸くした。

「他に誰がおる。わぬしが命じられたのだから下調べしておくべきじゃろう」

「おいおい」

喜兵衛の予想外の指摘に倫太郎は慌てた。

「俺は買い取りの交渉をしろと言われただけだ。それに必要な資料はちゃんと読み込んだ」

「与えられたものをか？　当然じゃわい」

喜兵衛は頬をふくらませた。

「仕事はやり遂げてこそ。わぬしはそもそも手を抜きすぎじゃ」

正論だ。

「喜兵衛の言うこともわかるけど、この勝負、すでについてるだろ」

「**どういうことじゃ**」

「オーナーの小宮山美紀は、すべてを袴田に委任。その袴田はライジングと明言しているわけだ。いまごろライジングと契約してるかもしれんぞ」

「**心にもないことを言うな**」

喜兵衛は鼻を鳴らした。

「**決めているなら、とっくの昔に盟約を結んでおるじゃろ。それをここまで結ばぬは、盟約そのものに逡巡《しゅんじゅん》しておるに相違ない。わぬしもわかっておるじゃろ**」

喜兵衛に考えを見透かされ、倫太郎は言葉に詰まった。

倫太郎も、袴田はそもそも買い取られることに腰が引けているように思える。経営状況を考えれば、すぐにでもキャッシュが必要なはずなのに、だ。

「小宮山ホテルが誕生してから今までの出来事と、小宮山の姫と袴田の関係を探るべきじゃと思うが、どうじゃ」

「まぁ……そうだな」

喜兵衛に主導権を握られたのは不愉快だったが、とりあえず調べられることは調査しよう。

倫太郎は本格的に、小宮山ホテルの謎に興味を抱いていた。

3

翌日から倫太郎は、慎重に温泉街での聞き込みを始めた。〝のぶかど〟の女将も積極的ではないにしろ、ぽつりぽつりと情報を漏らしてくれた。その一方で倫太郎はタケダコンサルティングに連絡を取り、ライジングの契約内容や交渉の進捗を確認した。

「ライジングの買い取り価格は3億8千万。経営陣と従業員の雇用は保障。1年間は経営改善を行うための猶予期間で、2年目に改築とサービスの変更を行うことになっているらしい。袴田は、猶予期間をあと半年延ばしてくれと言っているようだ」

倫太郎と喜兵衛は〝のぶかど〟に戻り、集めた情報を整理していた。

「こちらの条件はどんなものじゃったかいの」

「タケダの買い取り価格は、すべての不動産を含めて8億円。経営者には特別に退職金として5千万を払い解任、従業員は必要に応じて雇用を継続するというものだ」

「不動産とはなんじゃ」

「小宮山ホテルはホテルの他にその裏手の山の一部分の権利を持っている。そこを含めてということだ。ライジングのほうは、そこが買い取り対象になっていない」

「なるほど。それにしても倍違うんじゃな」

「袴田にも5千万入るんだから悪い話じゃない」

「それでもライジングのほうがまし、ということか……」

喜兵衛は腕組みをして鼻をふくらませた。どうやら、この男は考えを巡らしているときに鼻がさかんに動くらしい。

「いよいよ袴田の動きは怪しいが、まずは偏見を持たずに考えねばの。お館様もよくおっしゃっていた。次は小宮山ホテルのいきさつじゃな」

「設立は20年前。創業者は小宮山美紀の祖父の小宮山信茂。企業の保養所を買い取って改装しホテルにした。評判はとにかく悪かったようだな」

倫太郎はメモ帳をめくった。

「立地もあって、他の温泉ホテルや旅館とは没交渉。宿泊費を大幅に変えたり組合への加入も拒否したりするなど、高圧的な態度で嫌われ者だったようだ。先代はアクの強い人物だったんだな。開業当初は調子がよかったが、経営状態はずっと悪かったとある。こちらに提出された財務諸表でも裏は取れた」

「いよいよ盟約を結ぶ価値があるか疑問じゃな」

喜兵衛は鼻をふくらませて腕を組んだ。

「本陣《タケダ》の意図を探ったほうがええのう」

「勘助氏から連絡は」

「ない」

「そういえば……」

倫太郎はスマートフォンを操った。

「信次郎は、山梨県知事の県活性化プロジェクトに呼ばれていたな」

検索すると該当する記事がいくつか出てきた。山梨県で史上最年少知事に当選した小坂一が、その公約である山梨全国化計画の強力な助っ人として、武田家の末裔・武田信次郎にオファーしたというものだ。信次郎もタケダコンサルティングとしてバックアップを約束した。

財界でも特段に若くカリスマ性もある信次郎と若き改革知事の組み合わせは、それなりに大きくメディアに取り上げられていたと記憶している。

「あんな小さなホテルを一つ買い取ったところで、山梨のイメージアップになるとは思えんがな」

「それもそうじゃ」

倫太郎の言葉に喜兵衛はうなずいた。鼻の穴がひくひく動いている。

「山本様が軍師についているなら策があるのじゃろうて」

なら勘助に聞いたほうが早いと思うが、喜兵衛は勘助に子ども扱いされている。聞くのは非難しかろう。

「小宮山美紀が祖父の跡を継いで社長に就任し半年で辞めているが、同業者のあいだでは非協力的で悪評高い祖父と違って評判がよかったようだ。業績もさほど悪いわけではない」

「袴田が追い出したわけではなさそうじゃったな」

意外だが、袴田の評判は総じて悪くなかった。寡黙だが誠実な人間として捉えられていた。

「ただ業績は小宮山美紀が辞めてから悪化しているんだよな」

倫太郎は、机の上の資料を眺めながら言った。

「なにか問題のある手を打ったんじゃろうかの」

「いや……」

倫太郎は書類に目を落としながら首を振った。

「むしろ、なにもしなくなったようだ」

当時の財務諸表を見ると、広告宣伝費はほぼ削られ目立った投資も行われていない。集客に手を打っていないのだから新規顧客の獲得は難しくなる。

顧客との接点がないからだ。

リピート客を惹きつける施策を打っていた事実もない。いわば、ただ開けているだけの状態だ。ホテル業という集客ビジネスにおいて、これは自殺行為と言っていい。実際、客室稼働率は下落の一途をたどっている。

「袴田は存続を望んでいないのではないかの」

喜兵衛が鼻の上を掻きながらつぶやいた。

「どういう意味だ」

「**前の主人が生きているあいだは奉公に励んでおったが、主人亡きあと、もはや守る必要もないと思ったのでは**」

「だったら袴田が辞めればいいんじゃないか」

「**そうじゃの……**」

倫太郎の返答に喜兵衛は腕組みをして天井を見上げた。

「**少なくとも当主が替わって袴田の考えが変わったのは間違いあるまい**」

「いずれにせよ、美紀が半年で社長を辞めたことは事実だからな」

「**そのあたりを探らねばならぬの。主従関係というものは複雑じゃ**」

喜兵衛が訳知り顔で言ったので、倫太郎は苦笑した。

「**なにがおかしい**」

「いや、若いのに物知りだな」

「わぬし、褒めておる感じではないぞ」

喜兵衛は倫太郎を睨みつけた。

「主の善し悪しで一族郎党の運命が変わるのじゃ。ただ忠誠を尽くすというわけにはいかん」

たしかに、この男はのちに真田昌幸と呼ばれるようになってから目まぐるしく主君を替え戦国の世を渡っていく。喜兵衛が将来たどる運命を踏まえると、その言葉には一定の説得力があった。

「よろしいでしょうか?」

突然、部屋の外から声がかかった。女将らしい。倫太郎は喜兵衛と目を合わせると、立ち上がってふすまを引いた。

「どなたか、お客さまがいらっしゃったでしょうか」

女将は部屋の中を窺いながら言った。倫太郎の声が漏れていたらしい。

「あ……いや、会社の人間と電話していまして」

とっさに倫太郎は繕った。

「そうですか、ご迷惑でしたか」

「いえいえ。もう終わりましたので」

倫太郎は首を左右に振って、女将を部屋に招き入れた。

「大した話ではないんですが、ふと思い出したことがありまして……」

女将はテーブルを挟んで倫太郎の正面に座った。

「袴田さんと美紀さんのことで」

倫太郎は、素早く隣に座っている喜兵衛に視線を送った。欲しかった情報だ。

「聞かせてください」

「私の姪《めい》が袴田さんの娘さんと同級生でして」

「袴田さんの娘さん……」

「ええ。袴田さんは離婚され娘さんとふたり暮らしだったんですが、美紀さんがその娘さんを妹のようにかわいがっていたんです。姪が袴田さんのお宅に遊びに行ったときも世話をしていたそうで。それはもう仲がよかったとか」

「その娘さんは、今はどちらに?」

「就職されて東京に」

「なるほど」

「美紀さんが社長になられたとき、袴田さんとご挨拶にいらしたんです。そのときの様子がまるで親子のようで……。美紀さんは早くにお父さまを亡くされていましたから。ふと、そのことを思い出しまして……。美紀さんがすぐに社長をお辞めになられたので、袴田さんが追い出したんじゃないかという噂《うわさ》もなくはなかったんですけど、私は、どうもそうは思えなくて……」

女将の言葉に倫太郎は考え込んだ。隣の喜兵衛も難しい顔をしている。

「あくまで私の感想みたいなもので、そんな真剣に受け止めなくて結構ですよ」

女将は慌てた様子で手を振った。

「小宮山ホテルさんの件は、私たち他の旅館やホテルにも影響があるので、正直なところ外国の企業にも日本の他の会社にも買い取ってほしくないと思っています。武田さまが、袴田さんや美紀さんのことを方々でお聞きになってらっしゃると、よく言わない人間も少なくないと思いまして……」

「女将さんは、袴田さんや美紀さんに悪い感情はないということですか」

「先代はともかく、美紀さんや袴田さんを本当に悪く思っている人はいないと思いますけど、コロナの危機を乗り越えたところですから、あまり波風を立ててほしくないというのが本音でございます」

女将の言葉が自分にも向けられていると倫太郎は悟った。女将は、笑顔を浮かべて立ち上がると、

「のちほどお料理をお持ちしますので」

そう言い残して、部屋から出ていった。

「袴田は助けようとしているのかもしれんな」

喜兵衛がすんと鼻を鳴らした。

「助けようとしている？」

「そのことと今回の話は結びついておるのかもしれん」

「なにを言っているのかわからん」

倫太郎は首をひねった。

「一つ策を弄《ろう》したいの。わぬしは顔が割れておる。もうひとり必要じゃ。

「それに今少し、わしが知りたいこともある」

4

「なんでアタシが巻き込まれるのよ！」

翌日、石和温泉駅の改札で落ち合った恋は、ふくれっ面で倫太郎を睨んだ。金髪に派手な柄のシャツ、革のミニスカートと膝下まであるロングブーツという出《い》で立ちは、相変わらず目を引く。

「そう怒るな。温泉でゆっくりさせてやろうというんだ」

「試験があるのよ」

「どうせ勉強しないだろ」

「なにその言い方！」

「温泉にゆっくり浸かってから勉強すればいい」

「勉強道具持ってない！」

「勉強する気ないじゃないか！」

ふたりの漫才のようなやりとりに喜兵衛はゲラゲラ笑っていた。


「面白いおなごじゃのー」


「俺は警戒されて小宮山ホテルに泊まれないんだ。内部の様子を詳しく見てきてほしいんだよ。お前のほうが俺よりよっぽど観察能力高いだろ」

「まぁ……それはそうだけど」

倫太郎に持ち上げられて、恋はまんざらでもない表情を浮かべた。おだてに弱いのが恋の特徴である。

「なぁ、頼むよ。それにお前の感性でホテルを見れば、また違う発見もあるかもしれない」

「わかった。でもいい部屋に泊めてよ」

どうせ支払いはタケダコンサルティングだ。倫太郎は二つ返事で引き受けた。


「妹御に、奉公人から小宮山の姫と袴田の関係を聞き出してもら

えるかの」


喜兵衛が倫太郎に話しかける。

「今いちばん知りたいのは、支配人の袴田とオーナーの小宮山美紀との関係だ。できれば従業員から情報を得てくれないか」

「仕事が多いなぁ」

恋は頬をふくらませた。

「うまいもんとうまい酒を、好きなだけ飲み食いしていい。山梨はワインがうまいぞ」

「ワイン？」

恋は目を輝かせた。大の酒好きである。

「なんせ、この駅の下でワインの飲み比べができるくらいだからな」

石和温泉駅にはワインの自動販売機があり、1カップずつ購入して楽しむことが可能だ。種類も多いので、本格的に山梨のワインを飲み比べすることもできる。山梨県は国内ワインの一大産地であり、その消費量も多いことで有名だ。

「楽しそう！」

恋は目を輝かせた。楽しいことにはすぐ食いつくのが恋のいいところだ。

恋を小宮山ホテルに送り込むと、倫太郎は喜兵衛と甲府に向かった。向かう先は山梨県庁である。電車を使っても10分ほどで到着する。駅から徒歩で5分、少しレトロな雰囲気を漂わせる山梨県庁に着く。

「さすが武田家の本拠地は、時が経っても栄えておるのう」

駅前に立ちその賑《にぎ》わいを見ると、喜兵衛は手を叩いて喜んだ。もっとも、この賑わいは武田家というより徳川幕府によってもたらされたものだ。喜兵衛が慕う武田信玄亡きあと、武田家は織田家に滅ぼされることになるわけだが、余計なことは言わないほうがいいだろう。

倫太郎は黙って足を進めた。

石和温泉はいかにも温泉街という少し寂れた感があるが、甲府市は駅前の甲府城と近代的な都市の姿が調和していて、山梨県の中核都市として栄えている。山梨県庁は駅前のメイン通り沿いにあり、山梨県議会議事堂の隣に位置する。

「さて、ノーアポだからな。まずは観光課に行ってみるか」

倫太郎は、喜兵衛に話しかけた。まわりに怪しまれないようにスマートフォンを耳に当て、電話をしているように振舞う。

「**約束なしに話してくれるかの**」

喜兵衛が心配そうな表情を浮かべた。倫太郎と喜兵衛の狙いは、タケダと山梨県のプロジェクトの詳細を調べることだ。小宮山ホテル買収の狙いは、もっと大きいところにあるのは間違いないだろう。それを信次郎なり勘助なりが教えてくれればいいのだが、彼らが本心を明かすことはない。

はなはだ腹立たしいが、倫太郎と喜兵衛を試しているのだ。ならば自力で読み解くしかない。倫太郎が山梨県庁の象徴でもある大階段を上ろうとしたとき、意外な男が立っていることに気づいた。

「**山本様……**」

喜兵衛が声を上げる。階段の踊り場にいたのは山本勘助だった。

「ここまでは**気**づいたようですな」

勘助は無愛想な表情を変えることなく倫太郎と喜兵衛に告げた。倫太郎は耳にスマートフォンを当てたまま勘助を睨みつけた。

「あんたたちが素直に教えてくれれば手間を省けるんだがな」

「**簡単**に**手**に**入**ったものは、**簡単**に**失**うものでござる」

勘助は、ほんの少しだけ微笑んだ。

「**信次郎様**は**貴方様**を**好**いておられる。だからこそ**貴方様**に**試練**を**与**えているのでござる」

「迷惑なことだ」

倫太郎は顔をしかめた。勘助は喜兵衛に目を向けた。

「**喜兵衛**も**役**に**立**ってはいそうだな」

「**山本様！　わしゃ立派に務めを果たしますぞ**」

喜兵衛は唾を飛ばしながら喚いた。勘助は苦笑して手を振った。

「わかった、わかった」

「それで、あんたがここに現れた理由は?」

倫太郎は勘助に尋ねた。この男と信次郎の掌上で転がされている感じが、とにかく不愉快である。

「15時に県知事の小坂殿との面会を信次郎様が取り付けておる」

「なんだと」

反射的に倫太郎は喜兵衛を見た。こちらの動きを喜兵衛が漏らしたかと思ったからだ。だが勘助は首を振った。

「喜兵衛ではない。貴方様方を見張っておったでな。甲府に向かうであろうと気を利かせてみただけじゃ」

「山本様が見張っていた？　まったく気がつきませなんだ……」

「わしはお前とは少し性質の違う霊での。悪く思うな」

勘助はしょげている喜兵衛をなぐさめるように言った。

「性質が違うとはどういうことだ」

倫太郎は勘助に尋ねた。霊に性質があるとは初めて聞いた。というより、それについて意識したことすらない。

「わしは信次郎様の守護霊じゃ。結びつきが強い。お前のように不特定の者に憑く、しかも、その者が死んだ時期でない霊とは、そもそもの力が違う」

「**それは、わしが劣っているということですかの**」

喜兵衛が顔色を変えて地団駄を踏んだ。

「そうは言っておらぬ。わしにはできて、お前にはできぬことがあるだけじゃ。お前の智謀にはなんの影響もない」

「**わしの智謀……**」

勘助に褒められて相好を崩した。単純である。勘助は視線を倫太郎に戻した。

「**小坂知事に会って話を聞くがよい**」

そう言うと勘助は、その姿を宙に溶かした。

「余計なことを」

倫太郎は舌打ちをした。

「**そう怒るでない。手間が省けてよかったではないか**」

「喜兵衛は勘助氏に踊らされてムカつかないのか」

「**あの方は人を踊らせる達人じゃ。いちいち怒っていては身が持たん。それに手間が省けてよいではないか。どんな手を使おうが、勝てばええんじゃ**」

さすが後世に表裏比興の者という異名を残す男だ。喜兵衛は割り切っているらしい。

「武田さまですか」

掛けられた声のほうを向くと、階段の上から女性の職員がこちらを見ていた。時計の針は、すでに15時を指している。倫太郎がうなずくと彼女は笑顔で降りてきた。

「お待ちしておりました。こちらへ」

おそらく知事の秘書なのだろう。倫太郎は黙ってついていくと、3階にある知事室の応接に通された。

「まもなく参りますので、少しお待ちください」

秘書が去ると、

「えらい丁寧な対応じゃな」


喜兵衛がソファの隣であぐらをかきながら話しかけてきた。

「それだけタケダコンサルティングに期待しているということだろう」

倫太郎は仏頂面で言った。はなはだおもしろくない。

「お待たせいたしました」

扉が開いて知事の小坂一が入ってきた。180センチ超の長身に、体重は120キロを超えるであろう巨漢だ。年齢は30歳。経済産業省の官僚から転身し、父親は元山梨県知事の小坂准一である。その巨体に似合わぬクリッとした丸い瞳が印象的だ。

「お忙しいところ、すみません」

倫太郎は頭を下げた。小坂は笑顔で手を振った。

「気にしないでください。武田信次郎さんからお聞きしています。小宮山ホテルさんの件、よろしくお願いします」

小坂の言葉に、倫太郎は少なからず驚いた。小坂の言い方からすると、小宮山ホテルの買収には山梨県の意向も反映されているのだろうか。小坂が、その巨体をソファに沈めるのを待って倫太郎は質問した。

「小宮山ホテルの買収に山梨県の意向が入っているのですか」

「いえいえ。県として民間の事業に口を挟むことはありません。ただ、外資系の投資会社より国内企業に買い取ってほしいと、私個人としては思っております。それがタケダコンサルティングさんなら、なおさらです」

小坂は柔和な笑みを浮かべながら答えた。

「理由を教えてもらえますか」

「私は山梨県の活性化の柱を、観光に置いています。それもインバウンドだけではなく、都内からの日帰り観光を含めた国内観光客の誘致が重要だと考えています」

小坂は表情を引き締めた。隣の喜兵衛も身を乗り出している。

「山梨県の活性化プロジェクトにおける石和温泉は、重要なキーとなりえます。ご存じと思いますが、石和温泉の歴史は比較的浅いものです。１９５６年に小松導平氏が源泉を採掘し、温泉事業を開始しました。小松氏の成功を機に次々と温泉開発が進み、高度成長期に都心からのアクセスのよさが売りになって一気に発展しました。しかしながら、ここ数年はコロナ禍もあり、以前のような賑わいはなくなっています。そこで県としても石和温泉の再開発を考えることにしました。石和には、まだまだ伸びしろがあると私は信じています」

「小宮山ホテルが、その鍵になるというのですか」

倫太郎の質問に小坂はうなずいた。

「すでにご覧になられたと思いますが、温泉街は石和温泉駅の南側に集中しています。北側で温泉があるのは小宮山ホテルさんだけです。小宮山ホテルさんの源泉を調査して北側でも他に温泉が湧出するなら、大規模な開発ができます」

「なるほど」

「小宮山ホテルさんは、ホテルの敷地だけでなく裏山を所有されていまして、その部分も開発できると石和温泉に大きなインパクトをもたらせるはずです」

「そこに武田信次郎が乗った、というわけですね」

「その通りです」

小坂は巨体を乗り出した。

「ライジングさんが小宮山ホテルさんの買収交渉に入っていましたが、彼らは温泉に興味があるわけではなく一般的なホテルとしてのリニューアルを考えています。それではシナジー効果が低く、その点、我々のアドバイザーになっていただいているタケダさんが買収に成功してくだされば、小宮山ホテルさんの広大な土地の活用も含め、可能性は広がります」


「タケダの狙いは石和温泉の利権じゃな。さすがは山本様じゃ」


隣で喜兵衛が膝を叩いた。

「県としては、小宮山ホテルは北側再開発の鍵になるとお考えでらっしゃるのですね」

「そういうことです。今、石和温泉再開発プロジェクトを武田信次郎さんと策定中です」

「小宮山ホテル側に県の計画は伝えたのですか」

「お伝えしました。もちろん決定事項ではないので、あくまで素案レベルでとのただしをつけていますが」

「それでも小宮山ホテルは首を縦に振らない」

「そういうことです」

小坂はうなずいた。そこに秘書がコーヒーを運んできたので一瞬、会話が途切れた。倫太郎はチラリと隣の喜兵衛に視線を送る。

「袴田は本当に売るつもりじゃろうか」

喜兵衛は鼻をすんと鳴らした。なにか考えが巡ってきているのだろう。

「袴田は、どこにも売る気がないのじゃなかろうか」

たしかに、ここまでライジングへの正式な回答を引き延ばしていることも、おかしいとは思える。

「もしや、我らに売ると言っているのやもしれぬ」

喜兵衛はあごを撫《な》でながら、その大きな瞳を天井に向けた。しかし、そんなことをする意味はなんだろう。

「どこにも売らないとすると小宮山ホテルは維持できるのかの」

それはおそらく無理だ。キャッシュフローがすでに持たなくなっている。このままいけば廃業せざるを得ないだろう。

「オーナーの小宮山美紀さんから判断を任されている支配人の袴田さんは、ライジングさんに傾いています。県としてはライジングさんに決まった場合、どうされるのですか」

倫太郎は、小坂に尋ねた。

「じつは昨日、ライジングさんと話をしました。彼らは特段、温泉事業には興味はなく、一般的なホテルとしての運用を考えています。買収に成功したら源泉の使用に協力するとのお話をいただきました。また、裏山に関しては売買契約には含まれていないようです。それゆえ最悪、その部分だけでもタケダさんに買い取っていただきたいと考えています」


「わしらとライジングの条件に差があった理由は、これじゃな」


喜兵衛は得心したようにうなずいている。

「ただ、私としては、できればタケダさんにホテルも含めて買い取っていただけたらと思います。なんとか交渉を成立させてください」

小坂は巨体を屈めるようにして倫太郎に頭を下げた。

5

「タケダの思惑はわかったな」

山梨県庁をあとにした倫太郎と喜兵衛はいったん石和温泉駅に戻り、駅の北側を歩いていた。温泉街が開けている南側と違い、北側はちょっとした住宅街と甲府に向かう幹線道路の側にぶどう畑が広がっているだけだ。小坂の言う通り北側には開発の余地が十分にある。

「小宮山ホテルの源泉を利用し、北側にも温泉街を広げるわけか」

「小宮山が持つ裏山にも宿をつくれるといいじゃろうな」

喜兵衛が足を止めた。

「袴田がホテルを売りたくない理由があるとすればなんじゃろう。先代

と取り決めがあったとか……」

袴田が先代である小宮山信茂によく仕えていたということは、さまざまな証言が得られていた。信茂の評判は極めて悪かったが、袴田に対しては、商売敵である他の温泉宿の経営者たちも一様に高く評価していた。ただ信茂に対する袴田の服従ぶりも、また印象深い。
「その可能性はあるだろうな」
目の前に広がる山容を見ながら、倫太郎は答えた。

「わぬしは、いつもいつも、なんもかんもお見通しみたいな口を利くが、本当にわかっておるのか」

喜兵衛が唇を尖らした。
「別にわかったふりしてるわけではない。あるだろうなと喜兵衛の意見に共感しただけだ」

「共感せんでええから、わぬしはわぬしの意見を言え！」

「それは今、考えてるところだ」

倫太郎は仏頂面で答えた。

「わぬしはわしに考えさせればええと思っておるのであろう」

喜兵衛は、今度は頬をふくらませた。

「わぬし、なんとなく四郎様に似ておるわい」

「四郎？」

「諏訪四郎勝頼様じゃ」

「あぁ、武田勝頼か」

武田勝頼は信玄の三男であり、当初は武田家ではなく、母の実家である諏訪家を継いでいた。嫡男である武田義信が信玄と対立し、廃嫡されたのちに死んだため勝頼が武田家を継ぐことになる。父である信玄の死後、織田信長、徳川家康と対立し、その後滅亡の道をたどった。名門・武田家を潰した張本人である。

「四郎様は諏訪家を継いでおられる。武田家を出られたのじゃ」

勝頼が武田家を継いだ経緯を説明するのは、めんどうくさそうだ。
「その勝頼と俺の、どこが似ているんだ」
最近は、その能力を見直されてはいるものの、信長に負けた男と並べられるのはおもしろくない。倫太郎は憮然とした表情になった。

「気位が高く、わからんことや足りぬことがあっても人に素直に頭を下げられぬ。そのくせ、すぐ誰かと自分を比べ厭世《えんせい》気分に浸る。そういうところじゃ」

「お前になにがわかる」
小僧面した喜兵衛に言われ、腹を立てるというよりばかばかしさのほうが先に立った。

「わかるとも」

喜兵衛は少しはにかんだ。

「わしもまた、そうじゃからの」

「喜兵衛も?」

「わしも四郎様と同じく、真田の三男に生まれ武藤家に養子に出された。つねに兄たちに比べられ、負けてはならんと思って生きておる。最初のころは兄たちに勝ちたい、兄たちより優れていなければならんと思っておったが、そのうち勝つより〝負けぬ〟になっていった。いかなるときも虚勢を張り、知らぬことも知っていると言い、都合が悪くなると詭弁《きべん》を弄して逃げる。それじゃいかんと思うても、自分の性《さが》からは逃げられぬ」

倫太郎は目の前の若者を、なんとも言えない気持ちで見つめた。同じだという勝頼も喜兵衛も、そののち武田、真田を継ぎ、戦国の荒波の中でもっと大きな重圧を受けて生きていくことになるのだ。継ぐべきものを持たない自分とは違う。倫太郎は苦い笑みを浮かべた。

「俺は、お前たちのように誰かに負けたくないという気概はない。生きている理由を見つけられないことに疲れているだけだ」

「わしにはそうは見えんがな」

喜兵衛はそう言うと、それ以上はそのことには触れず歩みを早めて裏山のほうへ向かい出した。陽は傾き始めている。

「おい、どこへ行くんだ」

「山を見よう」

「山？」

「小坂の話では、小宮山ホテルよりむしろ山のほうが大事だったようじゃ。タケダの狙いもそこにあるなら、それを見たほうがええじゃろ」

喜兵衛はスタスタと進んでいく。倫太郎はそのあとを追った。ホテルから西側を大きく迂《う》回《かい》する形で山に入っていく。長らく手入れをしていないのだろう、草が生い茂り山道はほとんど目視できないほどだ。戦国の世で十数キロはある甲冑を身につけ山道を駆けた喜兵衛はさして苦にならないようだが、倫太郎は四苦八苦しながら山道を進んでいく。

喜兵衛がつぶやく。目を凝らすが、倫太郎の視界にはなにも見当たらなかった。

6

翌日、小宮山ホテルに泊まっていた恋が〝のぶかど〟にやってきた。

「どうだった、ホテルは」

恋は部屋に入ってくるなり、無防備に長い脚を投げ出して座った。その脚の付け根を喜兵衛が必死に覗こうとしているが、声を出して注意するわけにもいかないので捨て置くことにした。

「うーん、普通」

恋は答えた。

「部屋も料理も、サービスも普通。まぁ従業員はなんか暗いというか活気がないけど、ひどいってほどじゃないし。とにかくなにも特徴がない」

「特徴は、ないな」

倫太郎は苦笑いした。

「あれじゃ買われても仕方ないね。客も全然いないし」

「なにか他に気づいたことはないか」

「そのことなんだけど」

恋は投げ出した脚を組み替えると、倫太郎のほうに身体を向けた。

「ここの温泉に入らせてもらえない？」

「ん？　どういうことだ」

「温泉が売りのホテルのわりに、そこがいちばん弱い気がするのよね」

「弱い？」

「兄やんは気づかなかった？」

倫太郎は喜兵衛のほうに目をやった。喜兵衛は首を振る。

「なにも……」

「兄やんは、温泉なんか興味ないもんね」

恋は声を上げて笑った。

「なーんか物足りないんだよね……」

その言葉に喜兵衛が反応した。


「妹御は湯に詳しいのか？」


「恋は温泉によく行くからな」

倫太郎は、恋に気づかれないよう喜兵衛に返事をした。

「よく行くってわけじゃないけど、なんて言うんだろう。温泉は温泉なんだけど薄いっていうか……弱いって表現がいちばん合うかな。ホテルも温泉を推してないみたいだし」

たしかに小宮山ホテルは、ホームページやパンフレットで温泉を紹介しているものの、ホテル内では温泉に関する告知を見なかった。大浴場に効能を表記してあるくらいだった。

「同じ地域だし、他の温泉に入ればわかると思って」


「倫太郎、妹御に入ってもらえ」


喜兵衛が耳元でささやく。

「わかった。入浴料を払えば入れると思う」

恋に話しかけるようにして喜兵衛に返事をする。

「そもそも石和温泉は無味無臭のはずなのに、なんか硫黄の匂いがするの」

どうやら恋は恋なりに、石和温泉について調べてきたらしい。

「硫黄じゃなくて硫化水素だがな。硫黄は無臭だ」

「また、そういう無駄な知識をひけらかす！」

恋は頬をふくらませた。

「兄やんは匂いに気づかなかった？」

恋の問いに倫太郎は首を振った。

「兄やん、本当に興味のないことには徹底的に鈍感だね」

「すまん」

倫太郎は苦笑した。

「とにかく、ここの温泉に入ってみて確認したいの」

恋は真剣な顔で言った。

「フロントに聞いてみる」

倫太郎はフロントに連絡すると、女将が特別に無料で入ってもいいと取り計らってくれた。

「ありがとう。すぐに入ってくる。あ、あとタケダコンサルティングから連絡でライジングが小宮山ホテルに最終回答期限を切ったらしいよ」

「最終回答期限？」

思わず喜兵衛と目を合わす。

「他に投資してもいい案件が見つかったようで、これ以上、回答を引き延ばすようなら乗り換えるって」

恋はそう言うと部屋から出ていった。

「袴田は追い詰められたのう」

喜兵衛は大きな瞳をくるくると動かした。

「そうだな」

「袴田はどう出ると思う？」

「ライジングとの契約を決断するだろう」

「そうかの？」

喜兵衛は首をひねった。

「タケダを避ける以上、それしか道はないだろう」

「わしゃ袴田は決められないと思っておる」

「それじゃ潰れるだけだぞ」

「それゆえ進退窮まっているんではないかの」

喜兵衛は腕組みをした。

「小宮山の姫は、どう考えているんじゃろうの」

喜兵衛の問いに倫太郎は首をひねった。小宮山美紀の姿が思い浮かぶ。

「そもそも袴田がいちばんこだわった条件はなんじゃったかいの」

「たしか……従業員と自分の地位の保全だな。タケダは袴田の交代が前提だからな」

「袴田は自分の地位を守りたいんかの」

「というと？」

「袴田は、そこにこだわるような男じゃろうか」

たしかに同業者たちから聞く袴田の印象は、責任感が強く小宮山家への忠誠心も強い。

「ただ、人も時間が経てば変わる場合もある」

倫太郎は答えた。権力を握ると人は変わる。そんな経営者やリーダーを、倫太郎はコンサルの場で数多く見てきた。戦国武将も同じだろう。

「たしかに、の。しかし袴田の忠誠心が変わらなかったとした場合を考えてみるのも大事なことじゃ」

喜兵衛はなにかを掴んだような表情だった。

「袴田の忠誠心が変わらないなら、小宮山美紀を社長の座から追い落とした理由はなんだ」

「小宮山の姫が社長のままではまずいことがあったからじゃ」

「まずいこと……」

「**本当の忠臣ちゅうのは、主君に代わり悪者になれる奴じゃ**」

「身代わり?」

「**あくまでわしの推測じゃがな。それは妹御の話を聞いてからじゃ**」

「恋の?」

「**小宮山の姫を追い落とした理由じゃ**」

7

それから2日後、ライジングが小宮山ホテルに突きつけた期限の前日に〝のぶかど〟の一室で、倫太郎は小宮山美紀と向かい合っていた。倫太郎の隣には恋と、美紀には見えていない喜兵衛がいる。

「偽装……」

小宮山美紀は信じられないといった表情で目を見開いていた。

「小宮山ホテルは、水道水に入浴剤を混ぜて温泉と偽装していた可能性が高いです」

「どこに、そんな証拠があるんですか」

美紀は語気鋭く倫太郎に尋ねた。

「現在、小宮山ホテルのお湯を専門機関に調べてもらっています」

倫太郎は恋のほうを見た。

「悪いとは思ったんだけど、小宮山ホテルさんのお湯をアタシが持ち出したの」

「あなたは?」

美紀が恋に視線を移す。

「この人の部下、妹でもあるんだけど」

恋は挑戦的な口調で答えた。相手が女性で容姿端麗となると、恋の反応はいつもこうだ。

「だって温泉にしては、あんまりにもお湯がサラッとしてるし、なのに変に温泉特有の匂いがするし……。このあたりの温泉は無味無臭のはずなのに。ここで入らせてもらったら、たしかに他の温泉よりはあっさりめだけど、小宮山ホテルさんより全然お湯の質がいいし匂いもしない。これまでお客さんに言われたことなかった？」

美紀の表情に動揺の色が浮かんだ。心当たりがあるのだろう。

「もうお聞き及びかと思いますが、本日から小宮山ホテルは休業に入られました。明日がライジングさんの設けた回答期限です。その件について袴田さんから説明はありましたか」

この2日間、倫太郎は美紀に連絡を取り続けたが折り返しはなかった。しかし今朝になって突然、美紀から返信があり、こうして会うことになっている。

「あなたも袴田さんの本心がわからないんじゃないですか」

美紀は唇を噛んで下を向いた。

「袴田さんはライジングさんと契約を結ぶ意向を示しながら、ここに至るまで実行されませんでした。なぜですか」

喜兵衛は黙って美紀の表情を窺っている。美紀は黙ったままだ。

「袴田とは通じていないようじゃな」

喜兵衛は倫太郎の耳元でささやいた。

「もう少し突っ込んでみてくれ」

倫太郎は少し身体を前に乗り出した。

「ここからは私の推測です。当初、ライジングさんは通常のホテルとしてリニューアルしようとしていた。だから袴田さんは、そちらに乗った。しかしライジングさんが途中で方針を変え、温泉宿としてリニューアルする方向に傾いた。ここには山梨県知事による石和温泉再開発プロジェクトの意向が含まれています。これにより袴田さんはライジングさんを選ぶのも難しくなった。なぜなら温泉偽装が明るみに出てしまうからです」

「小宮山ホテルの温泉に間違いはありません」

倫太郎の言葉を遮るように美紀は口を開いた。

「祖父は間違いなく源泉を掘り当てました。そのときの証明もあります」

美紀は唇を震わせながら反論した。

「おそらく源泉は、すぐに尽きたのではないでしょうか」

倫太郎はそっと喜兵衛に目をやりながら言った。ここからは喜兵衛の推測である。美紀の顔は、すでに蒼白に近い色に変わっていた。その表情からも動揺が伝わってくる。

「創業者である小宮山信茂氏は、源泉を掘り当てたものの、その源泉がすぐに尽きてしまったため、やむなく偽装に手を染めた。その秘密を守るため駅南側にある旧来の温泉街とは距離を置き独自路線を……」

「そんなことありません！」

美紀はなにかを振り払うように語気を強めた。

「おそらく信茂氏の意向を受けて、それを実行したのが袴田支配人だったのではないでしょうか」

美紀は反論せず強い視線を倫太郎に向けた。行き場のない怒りのようなものが伝わってくる。隣で喜兵衛が溜め息をついた。


「心当たりがあるんじゃろ……。袴田は、それがあったから姫が頭に立つことを避けたかったんじゃな」


「袴田支配人があなたを社長の座から追い落としたのは、温泉偽装問題があったからでしょう。あなたに責任を負わせたくなかった」

「違います！　私が社長の座を引いたのは、私に力がなかったからです！」

ついに美紀は感情を爆発させた。

「あなたが社長を務めた短い期間、小宮山ホテルの業績は急速な回復をしました。違いますか。なぜ、そのあなたに力がないと」

「私には従業員をまとめる力がありませんでした」

「従業員は、あなたがいたらこんなことにならなかったと言ってたわ」

恋が口を挟んだ。

「従業員の皆さんに話を聞いたの。あなたが突然辞めたことを残念がってたわよ」

「そんな……」

美紀の美しい指先が動揺で激しく震えた。

「袴田さんは、みんなが私にはついていけないと……」

「あなたを逃がしたのですよ」

倫太郎は美紀の目を見た。

「あなたは他の温泉宿と連携を取り、組合に入ろうとした。それが小宮山ホテルへの集客に貢献することは間違いないが、その結果、温泉偽装の秘密が明るみになるリスクが高まった。おそらく他の宿の方が小宮山ホテルの温泉に入ればすぐわかるでしょうから。袴田さんは、それを恐れた」

「そんなこと……」

「そんなことはありませんか？　あなたがお辞めになったあと小宮山ホテルの業績は急激に悪化した。袴田さんが、集客のための施策をすべて放棄したからです」

倫太郎は美紀を追い込んだ。

「結果、袴田さんは追い詰められていった。業績の低迷は、そのまま経営危機につながる。そんなときにライジングさんとタケダの2社から買収の話があった。袴田さんからすれば、思わぬ助け船だったはずです」

「本当のところ小宮山の姫は不承知じゃったんじゃなかろうかの」

ぽつりと喜兵衛がつぶやいた。たしかに美紀の立場になってみれば、自身が社長に就いてから、それなりの手ごたえを感じていたはずだ。それが、自身が辞めてから身売りしなければならないところまで追い詰められたと知って、複雑な心境だったに違いない。

「身売りの話を袴田さんから受けたとき、あなたは本当に納得したんですか」

美紀の目から涙が、ひと筋流れ落ちた。

「納得はできませんでした。でも袴田さんが決めたなら仕方ないと……」

「あなたにとって袴田さんは、それほど大事な人なんですね」

「私にとっては父のような人です」

美紀は涙をぬぐうことなく、きっぱりと言った。その言葉には決して倫太郎に心を開いたものではないという反発の意が含まれていた。

「私は父を早くに亡くしました。祖父は事業一筋の人で、母も祖父の手伝いに駆り出されていたので、私はずっとひとりでした。家族の温かさを感じることなく育った私を、いつも支えてくれたのが袴田さんです。袴田さんは、祖父からどんな無理難題を押し付けられても投げ出すことなく懸命に尽くしてくれました。小宮山ホテルがここまできたのは袴田さんあってのことです。私だけでなく従業員一人ひとりに、いつも真剣に向き合って相談に乗り、面倒をみてくださいました。その袴田さんが決めたことです。どんな結果になったとしても後悔しません」

「その信頼が袴田を追い詰めるのだと言ってやってくれ」

美紀の溢れ出す想いに対して、喜兵衛がつぶやいた。その表情は、悲しげだった。

「袴田は全部ひっかぶって責任を取るしかなくなるわい」

「小宮山さん」

倫太郎は美紀に語りかけた。

「それで袴田さんを救えますか」

「救う？」

「もし小宮山ホテルに温泉偽装があった場合、もう逃げ道はありません。ライジングさんは山梨県の石和温泉再開発プロジェクトを知りました。彼らは確実に温泉の状況の確認を契約条項に加えます。このまま行けば温泉偽装の件は、いずれにせよ明るみに出るでしょう。そのとき袴田さんは、どうしますか。おそらく、すべての責任を一身に背負うのではないでしょうか」

「すべての……責任を……」

「温泉偽装の件は、まだ推測の域を出ません。しかしあえて言うと、それがもし本当のことだった場合、批判はオーナーのあなたに向く。あなたがそれを知っていたかどうかではなく。袴田さんは、それを防ぐために、すべてを背負われる覚悟だと私は思います」

美紀の表情に明らかな動揺が走っていた。

「私に、どうしろと言うんですか」


「袴田と腹を割って話すことじゃ。そしておぬしが自分で判断しろ。それが主君の務めじゃ」

喜兵衛が強い口調で言った。それが難しいことは容易に想像できた。だが身動きの取れない袴田を救えるのは、美紀しかいない。

「私はタケダ側として小宮山ホテルを買収すべく、交渉の場に来ました。しかし今となっては、それは言いません。どんな結果になるにせよ、その判断はあなたがすべきであり袴田さんがすべきです。あなたが判断する材料が必要なら、集めればいい。あなたが知るべきことがあるなら、知ればいい。袴田さんはあなたを逃がそうとしました。しかし、あなたは逃げてはいけない」

いつにない倫太郎の熱い言葉に、恋が驚いたようにその横顔を見つめた。

「私はあなたの気持ちがわかるような気がします。私も逃げている。今も逃げている。だけど逃げ続ければ、それは終わらないんです。それは辛いものです。今、あなたが小宮山ホテルから逃げれば一生逃げ続けることになる。あなたには、そうなってほしくない。私のように逃げ続けてほしくはない」

「兄やん……」


「倫太郎……」

そのとき、部屋の外でバタバタと足音が響き乱暴にふすまが開かれた。顔を出したのは顔面蒼白の女将であった。

「大変！　小宮山ホテルさんが火事——!!」

8

小宮山美紀、倫太郎、喜兵衛、恋は〝のぶかど〟の女将の車で、すぐに小宮山ホテルに向かった。駅の南と北なので、ものの10分とかからず到着した。すでに消防隊も駆けつけ、まわりは野次馬でごった返していた。

「美紀さん！」

その野次馬の中から若い女性が走り寄ってきた。顔は煤《すす》まみれ、全身びしょ濡れである。

「園川さん！」

美紀は、その女性に駆け寄った。

「大丈夫？」

「私は大丈夫です！　でも支配人が……」
園川と呼ばれた女性は、激しく首を動かしながら喘《あえ》いだ。
「袴田さんが……」

「最悪じゃな」

喜兵衛が倫太郎の隣でつぶやいた。
「どういう意味だ？」
まわりの人に気づかれないよう倫太郎は喜兵衛に尋ねた。

「袴田は自害するつもりじゃ」

「自害？」

「ここを焼き払い自分も死ぬことで、責任を被るつもりじゃ」

「冗談だろ……そんなことで責任なんて取れるわけがない」

「人は、追い詰められれば理に適わぬことをするもんじゃ。死んで意味

があるかは、まともなもんがまともに考えること。それしか見えんもんは、それしかないように思うんじゃ」

喜兵衛の言葉には説得力があった。

「**わしらの時代はそうやって皆、死を選んだ**」

喜兵衛の目は真剣だ。

「**どうする？**」

「**助けるか、見殺しにするかじゃ**」

「どうするって……」

倫太郎は、もうもうと煙を吐き出しているホテルを見る。火の手は激しさを増し、どう足《あ》掻《が》いても救出は難しそうだ。

「袴田さん!!」

隣に響く大声に振り返ってみると、美紀がホテルに向かって走り出そうとしていた。それを恋が必死に止めている。

「あんたが行っても救助の邪魔になるだけだから!」

「美紀さん!　落ち着いて!!」

恋だけでなく園川という従業員も〝のぶかど〟の女将まで美紀を押さえている。


「まぁ、助けるしかなさそうじゃな」

「え?」

「わぬしも逃げんほうがええ。ここで袴田を身捨てれば、わぬしの心の傷は、また増えるじゃろ」


「いや、もう無理だろ……」

喜兵衛の口ぶりに慌てた倫太郎は、まわりに聞こえるのもお構いなしに手を振った。その瞬間、身体に電流が流れ硬直する。目の前の喜兵衛の姿は消え、次の瞬間、その声は倫太郎自身の身体の中から響いた。

「おい!　なにをしたんだ!!」

必死に叫んでみたが、声は外には出ず、自分の頭の中で鳴り響いた。

「身体を借りるぞ」

次の瞬間、自分の意思とは関係なく身体が飛ぶように駆け出した。

「兄やん！」

「武田さん！」

背後に恋や美紀の叫び声が聞こえる。慌てた消防隊員の声や静止を掻い潜りホテルに突っ込んでいった。

「おい！　やめろ!!　死んじまう――!!!」

喜兵衛を止めようと必死に叫ぶが、喜兵衛はお構いなしにホテルのロビーを駆け抜け、そのまま地下の大浴場へ進んでいく。充満した黒煙で息苦しい。身体が乗っ取られているとはいえ、感覚は倫太郎のものだ。荒い息遣いで煙に喉をやられ、視界はかすむ。同時に死への恐怖が一気に襲い掛かってきた。

「心配するな。絶対、わぬしは死にはせん」

喜兵衛が頭の中で叫ぶ。

「**わしは信玄公に不死身の喜兵衛と言われたんじゃ**」

それはお前の話だろ、信用できんわ。身体は俺のもんだ、と毒づきたかったが喜兵衛がとんでもないスピードで駆け抜けるので息が上がって言葉にまではならない。

「**袴田殿！　そこにおるのであろう!!**」

驚いたことに喜兵衛は、倫太郎の声まで奪ってしまった。大浴場の扉を開くもそこに袴田の姿はない。

身を翻し、奥のボイラー室へと向かう。

「**袴田殿！　早まった真似《まね》をするでないぞ!!**」

喜兵衛は叫ぶ。すると扉が開いたままのボイラー室のほうで人影のようなものが見えた気がした。

「**そこじゃな！　地下のいちばん奥の部屋じゃ!!**」

その声でボイラー室の扉が急いで閉じられようとした。それを、倫太郎の肉体を操った喜兵衛が素早く体当たりで阻止する。倫太郎の肩に、鈍い痛みが走る。転がるようにボイラー室の中に入ると、そこには袴田の姿があった。
いつもロビーで対応していたときのように、きちんとスーツを身にまとい、煤だらけではあったが髪もきれいに整えられている。
「あなたは……なぜ……」
袴田は倫太郎の姿を見て、驚きで立ち尽くしていた。

「袴田殿！　それで主を守る気か‼　おぬしは間違っておる‼‼」

倫太郎の身体を操る喜兵衛は、大声で袴田を叱責した。その迫力は、まさに戦国武将そのものだった。袴田は唇をわななかせて喜兵衛を睨み返した。

「温泉偽装の件を、己ひとりの責任にして、このホテルを焼き払い、命をもって償おうとしたおぬしの考えはお見通しじゃ」

喜兵衛はいきなり袴田に核心をついた言葉を放つ。なにせホテル全館に火が回っている。時間との戦いだ。

「そのようなことをして小宮山の姫が喜ぶと思うのか」

「なにを……証拠に……」

「もう隠し立てはできぬ！　このホテルの湯が温泉でないことは調べがついておるのじゃ!!」

袴田の顔面は蒼白になった。

「す、すべては私がやったことです！」

袴田は叫んだ。

「私は長年、顧客を欺きオーナーを欺いた罪がある。その罰を受けなければいけない」

「おぬしではない。おぬしにそれを命じたのは、前の主である小宮山信茂であろう。おぬしがもし、すべて企てていたなら、さっさとホテルを売り払って小宮山家に罪を被せればよい。それをしなかったのがなによりの証拠」

すべては喜兵衛の推測だ。しかし、この極限の状況でブラフをかけることで、追い詰められた袴田の心に打撃を与えるのはたやすかった。袴田は膝から崩れ落ちる。

「おぬしは死んではならん。生きて、小宮山の姫を支えてやれ。姫だけではない。ホテルで働く者や町のために生きねばならぬのだ。おぬしのためを思って言っておるのではない。おぬしが生きることこそ、受けねばならぬ罰なのだ！ 袴田‼ 生きよ――――!!!」

戦場で叫ぶ武将そのものだった。袴田の両目からはとめどもなく涙が溢れた。しかし、もはや息苦しさは死の危険を実感させる。時間切れだ。

「もう逃げないと死んじまうぞ！」

黒い煙が地を這《は》う。必死に倫太郎が叫ぶと、喜兵衛はあたりを見回す。なにも見えない。

「こりゃ……」

喜兵衛が呻《うめ》いた。

「わしとしたことが……」

「え？」

「火が回るのが早かったわ……」

「お前、不死身の喜兵衛じゃなかったのか！」

冗談じゃない、こんなところで死んでたまるか！　倫太郎は喚き散らしたが、喜兵衛は視線を彷徨《さまよ》わせるだけだ。

そのうち息ができなくなり、目が開けられなくなる……そのとき、

「しっかりせい、こっちじゃ！」

意識を覚醒させる大音声が響いた。喜兵衛が視線を向ける。そこには小柄なサル顔の武将がいた。真っ黒に日焼けしたしわくちゃな顔。その身体には気迫が漲《みなぎ》っている。

「その者を立たせよ！　わしについてこい」

武将が声をかけると、喜兵衛は袴田に肩を貸して立ち上がった。

「倫太郎、そちも力を入れよ！」

武将が叫ぶ。

「俺の名前を……」

「四の五の言わんと気を張れ。その者に力を与えてやれ」

「俺の声が聞こえるのか……」

「倫太郎！　気張れ!!」

喜兵衛も叫ぶ。倫太郎はよくわからないまま、すべての意識を喜兵衛に乗っ取られた身体に送った。

「よし！　参れ!!」

武将は叫ぶと駆け出した。そのあとを袴田を抱えた喜兵衛がついていく。来た道ではなく従業員通路を通り、巧みに煙と火を避ける。息は上がり目は眩《くら》むが、それでも喜兵衛と倫太郎は身体を動かす。

地上が見えた。足が何度ももつれる。

「あと少しじゃ！

あきらめるな！　このたわけ――――！」

先に進む武将は口汚く罵りながら、喜兵衛と倫太郎を鼓舞する。その声は懐かしい響きがあった。

「もう出口じゃ！　生き延びたぞ!!」

武将の声とともに視界が開けた。裏口から外に出た。叫ぶ消防隊の声がする。

安心すると、袴田とともに身体が地面に倒れる。

薄れゆく意識の中、その武将を見上げる。

「これが太郎の子孫か……」

武将は感慨深そうに、倫太郎に慈愛に満ちた眼差しを向けた。

「**貴方様は……**」

喜兵衛が武将に尋ねる。武将が満面の笑みを浮かべた。

「羽《は》柴《しば》筑《ちく》前《ぜん》守《のかみ》秀吉じゃ」

そこで倫太郎の意識は途絶えた。

9

小宮山ホテルの火事から1週間が経った。袴田は支配人を辞任し、買収については正式にオーナーの小宮山美紀からライジングに交渉の打ち切りが伝えられた。タケダについても同様の連絡が来たが、倫太郎が美紀と話をして再交渉の場が設けられた。交渉は〝のぶかど〟で行われることとなり、タケダ側は武田信次郎も同席することになった。

「袴田さんの体調はいかがですか」

「だいぶ落ち着いてきました。娘さんがつきっきりで看病しているので」

硬い表情のまま美紀は答えた。美紀はシックな紺色のスーツに身を包んでいる。その美しい顔は、心労が見て取れるほどやつれていた。美紀の正面に信次郎、その隣に倫太郎が座っている。そして美紀には見えていないが、勘助と喜兵衛もそれぞれ信次郎、倫太郎のそばに控えている。

「私の気持ちは変わっていません。ライジングさんにもお断りしましたが、温泉偽装の件を表に出して責任を取りたいと思います」

「袴田さんが、お話しになったのですね」

倫太郎は優しく問いかけた。美紀はうなずいた。

「このホテルが開業して2年ほど経ったころに源泉の量が一気に減り、先代から袴田さんに水道水を混ぜるよう指示があったそうです。それがずっと続き、10年を超えたあたりから源泉の量はさらに減って、それをごまかすために入浴剤を……」

美紀の声はかぼそく、今にも消え入りそうであった。

「知らぬこととはいえオーナーとして、この責任は取らなければなりません」

「あなたは、そのことをご自身の目で確認されましたか」

信次郎が静かに美紀に問いかけた。口調は静かだったが、その言葉には冷徹さが込められていた。信次郎の顔色が今日は一段と白い。それがいっそう信次郎の冷ややかさを演出し、美紀にプレッシャーをかけているのがわかる。

「いいえ……」

「袴田元支配人のお話を、そのまま信じられただけということですか」

「はい……」

美紀はうなずいた。

「私の仕事は疑うことから始まります」

「おい……」

信次郎が予想に反して厳しい出方をしたので、倫太郎は慌ててそれを止めようとした。しかし、そばにいた喜兵衛が倫太郎を制止する。

「ここは信次郎様にお任せしたほうがよい」

喜兵衛はそっと勘助を見る。そちらに視線を移すと勘助は無表情のまま正面を向いている。

「あなたも同じで、経営では事実に基づいて判断しなければいけません。この場合の事実とは小宮山ホテルの温泉の源泉が枯渇しているという科学的根拠です。あなたが責任を取るということは、その事実に基づかなければなりません。あなたにそれができますか」

「それは……」

美紀は口ごもった。

「それを弊社に任せていただけませんか。我々が調査いたします。その結果を見て判断されるとよろしいのではないでしょうか。小宮山ホテルの源泉が枯渇しているなら、それは私どもにとっても大問題です。買収する理由もなくなります。あなたの判断は、それからでも遅くはないのでは」

口調は静かだが、有無を言わせぬ圧があった。美紀は気圧《けお》されるようにうなずくしかなかった。

「それと、もう一つお聞きしていいですか」

信次郎は美紀の表情を探るように見た。

「なんでしょうか」

おびえるように美紀は答えた。

「先代の小宮山信茂氏は、所有している山で他の源泉調査を行おうとしたことはありませんでしたか」

「なかったと思います」

美紀は即答した。

「温泉の発掘とホテルの改装で相当、資産を投入しましたから、他の源泉調査を行う余裕はなかったと思います」

「そうですか、わかりました」

信次郎はそう言うとすぐに立ち上がり、その場を去った。

10

結論から言うと、小宮山美紀はタケダコンサルティングに小宮山ホテル及び所有する山をすべて売却することに合意した。〝のぶかど〟での交渉から1か月後のことだった。倫太郎は、その交渉の席にはつかなかった。というより信次郎が倫太郎を外したのである。

倫太郎は1か月ぶりに石和温泉に降り立った。

12月が近づき、冬の寒さが訪れている。駅の改札を出ると、そこに待っていたのは小宮山美紀だった。

「交渉がまとまってよかったですね」

駅前の商業施設にあるファストフード店で、倫太郎は美紀にぎこちない笑顔を向けた。正直なところ、交渉から外されたことに不満がないわけではない。ただ、最後まで自分に担当させろと言えなかったのは倫太郎自身だ。それは美紀とは関係のないことである。

「武田さんのおかげです」

「私の?」

「あなたが、逃げるなって言ったから」

美紀はまっすぐ倫太郎を見た。その瞳は以前に見せていた挑戦的なものではなく親しみを込めたものだった。

「小宮山ホテルが火事にあった日、あなたは私にそう言いました。そして、あなたは私の大切な人を救ってくれた」

「いや……」

大切な人が袴田を指していることはわかる。しかし袴田を救ったのは、実際は喜兵衛である。倫太郎は身体を貸しただけだ。その喜兵衛は、倫太郎が東京に戻ると同時に姿を消していた。返答に困り、目の前のコーヒーをあおる。

美紀の視線を外し、ほんの少し間を置いた。

「お恥ずかしい話ですが、じつは私は交渉担当を外されてからの事情をほとんど知りません。できれば教えていただけますか」

尋ねさえすれば信次郎は説明しただろうが、倫太郎にはそれができない。信次郎と倫太郎には、いつも見えない壁がある。それは倫太郎が一方的につくったものかもしれないが。

「源泉の件ですが、タケダさんの調査では枯渇とまでは言えなかったようです。ただ水道水を混ぜていたのは事実でした」

美紀の言葉に倫太郎は一瞬戸惑った。なぜなら恋が採集した小宮山ホテルの浴場の湯は、ほぼ水道水という結果が出ていたからだ。おそらく信次郎が報告に手心を加えたのだろう。

「袴田さんは、そのことをなんとおっしゃいましたか」

「特には……」

美紀の表情は曇った。

「袴田さんは私の判断にすべてを委ねると。それだけしか……」

小宮山ホテルの火事は不注意による失火として処理されたが、袴田が自ら火を放ったのは間違いない。そのために彼は、臨時休業にして従業員もホテルから締め出したのだから。袴田としては、今となっては過去も含め美紀のために口を閉ざすことを決めたのだろう。

「それより意外なことがありました」

「意外なこと？」

「他に源泉が見つかったんです」

「他に？」

「タケダさんは裏山のほうも調査してくださったらしく、そこから源泉が発見されました」

「源泉が……」

信次郎が1か月前に美紀に放った言葉が脳裏に浮かんだ。

「小宮山信茂氏は、所有している山で他の源泉調査を行おうとしたことはありませんでしたか」


信次郎の狙いは、小宮山ホテルの源泉調査ではなく、その所有している土地に他の源泉があるかどうかだったのではないか。

「武田社長がおっしゃるには、本来の源泉は今回見つかったところで、これまで使用していた源泉はその支流に当たるため、すぐに減ってしまったのではないかということでした」

「それにしてもよく見つかりましたね、この短期間で。裏山といっても相当広いですよ」

「武田社長は運がよかったとおっしゃっていました」

信次郎が運などという曖昧なもので行動するとは思えない。しかし、それを美紀に言ったところで仕方がない。倫太郎は言葉を飲み込んだ。

「新たな源泉が見つかったので、新たに宿泊施設をつくるとのことです」

美紀の表情は、これまで見たことがない希望に満ちたものだった。本来の彼女は、このような活発で明るい女性なのであろう。信次郎がそう導いたのだと思うと、倫太郎は複雑な気持ちになった。

「山梨県の支援も受けられるそうです」

小坂知事と信次郎の計画通りに事が運んでいる。小宮山ホテルの源泉は枯渇していたはずだ。新しい源泉が見つからなければ、この計画はすべて水の泡のはずだった。それを思えば信次郎の運の強さを思わずにはいられない。

「まるで、ご自身と無関係のことのようですね」

倫太郎は苦笑した。所有権がタケダコンサルティングに移ってしまうため、美紀にとっては他人事なのだろう。

倫太郎は自分の口調にやや冷ややかなものが混じっていることに気づき、美紀は少し目を泳がせた。しかし、すぐに笑みを浮かべ、まっすぐ倫太郎を見た。

「その開発の責任者に、私が関わることになりました」

「あなたが」

「はい」

「驚きました……」

予想外の言葉に倫太郎は言葉をかろうじて吐き出した。

「武田社長からお話がありました」

「そうですか……」

「正直、私で役に立つのか不安でしたけど……。でも、逃げちゃだめだと思ったんです。私はホテル経営に失敗しました。いえ、失敗したかどうかもわかりません。逃げたんです。袴田さんからの話を言い訳にして。正直、社長を降りたときはホッとしていました」

美紀は溢れるように喋り出した。倫太郎に話しかけているようで、それは自分自身に問いかけているようでもあった。

「いつでも袴田さんがなんとかしてくれた。私が袴田さんを追い詰めたんです。だから今度は、私が袴田さんを守る番だと思いました。もし、このままタケダコンサルティングにすべてを売って終わりになるのなら、私は一生、逃げ続けなければなりません」

「もしかして」

倫太郎は美紀を遮った。

「タケダに決めた理由は、あなたが関わることの提案があったからですか」

美紀は、少し間を置いてうなずいた。

「そうです。武田社長は私に自分の足で歩く選択肢をくれました」

信次郎に対する敗北感が胸に広がっていった。

「袴田さんは、そのことになにかおっしゃいましたか」

「なにも。ただ……」

「ただ？」

「笑顔でした。今まで見たことのない」

「よかったですね」

　袴田はきっと、すべての荷を下ろして心の底から美紀の未来を祝福したのだろう。どんな言葉よりも雄弁だったに違いない。それに引き換え、笑顔一つつくれない自分に倫太郎は失望した。

「そういえば……再建する小宮山ホテルの支配人には田宮さんという方が就任されると聞きました。田宮さんとも、ご関係があったんですよね」

「えぇ……まぁ……」

　いっそう苦いものが倫太郎の胸の奥を流れた。

「私は、あなたにいちばん感謝しています」

　美紀は倫太郎に言った。

「いえ、なにもしていませんよ」

「あなたがいなかったら、きっとこうはなってはいませんでした」

「それは結果論です。私はなにも」

「命懸けで袴田さんを助けてくれたじゃないですか」

それは、俺じゃなく喜兵衛だ。

口に出そうになる言葉を倫太郎は呑《の》み込んだ。

「袴田さんは言っていました。命を捨てなくてよかったと。もし、あそこで自分が死んだら私を鎖につなぐことになったと」

なんと答えていいのかわからなかった。もしも助けた本人である喜兵衛がここにいれば、気の利いたことの一つも言えるのかもしれないが、倫太郎自身には美紀にどう言葉を返していいかわからない。

「私に本心がわからないとおっしゃったのを覚えていますか」

二度目に美紀と面談したときのことだ。

倫太郎はうなずいた。

「あのとき、私が本心で話しているつもりだと言ったら、本人にもわからない本心があるとおっしゃいました」

「そんなこと言いましたかね……」

「その通りでした。私は自分の本心に気づきました。私は、ホテルや、この街や、ここにいる人や、ここを訪れてくれる人が大好きです。そして、そのために働きたかったということを。そのことを教えてくれた武田さんに、どうしてもお礼を言いたかったんです」
美紀はおもむろに立ち上がると、深くお辞儀をした。
「ありがとうございました！」
倫太郎の目にはその姿が、ただただ眩しく映っていた。

美紀と別れ駅に向かっていると、

「よう、倫太郎」

聞き慣れた声がした。振り返ると、背後に喜兵衛が立っていた。
「喜兵衛……」

「別れの挨拶に来たわい」

「そうか」
喜兵衛は倫太郎の顔を覗き込み鼻で笑った。

「なにをしょぼくれた顔をしとるんじゃ」

「ほっといてくれ」
喜兵衛の茶化すような調子に倫太郎はふくれっ面をした。

「そう怒るな。わぬしとも、これでお別れじゃ。少し付き合え」

喜兵衛はそう言うと、弾むような足取りで倫太郎の前に出て歩き出した。倫太郎は一つ舌打ちをし喜兵衛のあとをついていく。喜兵衛の飄々《ひょうひょう》とした姿を見ていると、不思議に気持ちが落ち着いてきた。

喜兵衛は北口を出て住宅街を抜け、小宮山ホテルの跡地を前にした。

ホテル自体は解体され、すでに新しい施設を建設するための基礎工事が始まっている。しかし夕暮れのこの時間は作業も終わり人の気配はない。静寂が漂っている。喜兵衛は、置かれているコンクリート資材の上に腰掛けた。

「あれ以来、山本様に会っておらん。されば今からわしが話すことはすべて推測じゃ。じゃが、ほぼ間違いないと思うておる」

「聞かせてもらおう」

「そもそもこの話は、起こったことの順番を間違えるとよくわからなくなる。わしが思うに、順番としては山梨県の石和温泉再開発が最初じゃ。そこに信次郎様が加わる。温泉街でない北口開発の肝は、他に源泉があるかどうかじゃ」

「なるほど」

「そこで呼ばれたのが山本様じゃ。武田領すべてを把握しておられる」

倫太郎は喜兵衛の言葉にハッとした。フラッシュバックのように、喜兵衛と小宮山ホテルの裏山に登ったときのことを思い出した。あのとき喜兵衛は勘助ともうひとりの姿を見たと言った。

「思い出したかえ」

喜兵衛は倫太郎の表情を見て言った。

「それじゃ……」

「あの場におったのは、山本様と信次郎様じゃ」

「ということは……」

「おそらく山本様は、かつてあの場所で湯が湧いていたのを知っておられたのじゃろう。あの日、その場所を信次郎様に伝えた」

喜兵衛は、そこでいったん話を切った。倫太郎に思考を巡らす時間を与えるためである。

「つまり勘助氏の報告で信次郎は、あの山に他の源泉があることを知っていた。そのうえで小宮山ホテルの買収を進めた」

であれば小宮山ホテルの源泉調査から裏山での新しい源泉の発見までの、あまりに都合のいい経緯に説明がつく。初めから目安がついていたのなら、たやすいことだ。

「その確認は少し遅れたがな」

喜兵衛は鼻を鳴らした。

「いずれにせよ、源泉が他にもあるという前提のもと、小宮山ホテルに買収を持ちかけたが、そこに思わぬ事が起こった。小宮山ホテルがタケダの買収案を蹴った。偶然ライジングも買収を持ちかけていたから、最初はその条件での争いぐらいに信次郎様は思っていたんじゃろ。まさか袴田が温泉偽装に手を染めているとは思っていなかったじゃろうからの」

「他に源泉がある前提なら、小宮山ホテルの源泉が枯渇しているとは考えないだろうな」

特別な情報を知っているため、そのバイアスで認知が歪むことはよくある。

「袴田と小宮山の姫の頑なな態度に手を焼いた信次郎様は、わぬしの力を借りた。そして見事にその謎を解き、小宮山の姫の心を解き放った。わぬしの手柄じゃ」

喜兵衛は立ち上がるとポンと倫太郎の肩を叩いた。その大人びた態度に倫太郎は苦笑した。

「ほとんど喜兵衛のおかげだ」

「それはそうじゃ。この武藤喜兵衛が、わぬしの味方だったからじゃ」

喜兵衛は胸をポンポンと叩いた。

「感謝してるさ」

偉そうな喜兵衛を見ていると、なぜか自分まで嬉しくなって、言わなくていいことを言った自分に吹き出してしまった。

「なにがおかしいんじゃ！」

喜兵衛もそう反論しながら笑い出した。ふたりはしばらく大笑いした。倫太郎の胸の奥にある鉛が、ほんの少しだけ軽くなったような気がした。

「まぁ俺たちは、うまく利用されただけか」

「そういう言い方をするな。わしらが助けてやったんじゃ」

「言い方でだいぶ変わるな」

「今回、わしは山本様にできぬことをやったでな」

「できぬこと?」

「山本様は、あの火中で袴田を救えまい」

喜兵衛は鼻の穴を大きくふくらませながら言った。たしかに足の悪い勘助では、あのように機敏には移動できなかっただろう。

「お前のせいで俺は死にかけた」

ひと言、苦言は呈《てい》しておく。一歩間違えれば、煙に巻かれて袴田とあの世に送られたかもしれない。

「その件に関しては、わぬしに助けられた」

喜兵衛は頭を掻いた。

「わぬしが羽柴殿を召喚してくれたおかげじゃ」

喜兵衛は頭を下げた。

「いや……別に俺が……」

正直なところ木下藤吉郎の後年であり、豊臣秀吉の前年である羽柴秀吉がなぜ、あの場に現れたのかはわからなかった。召喚の前触れもなく秀吉は現れた。倫太郎にとっても初めての出来事だったのだ。しかも秀吉はあのあと一度も姿を現していない。

「とにかく、わぬしが無事でよかった」

喜兵衛は照れくさそうに笑った。

「一つわからないことがある」

喜兵衛の笑顔を見ながら、倫太郎は喜兵衛に言った。ここしばらくずっと疑問に思っていたことを、この若き武将に尋ねてみようと思ったのだ。

「なんじゃ」

「袴田はなぜ、自分の命を断とうとするほど責任を感じたんだろう。そもそも先代である小宮山信茂の命令なら、実務としてやった責任はあっても根本的な責任は先代にあるだろう」

「ふむ……」

喜兵衛は表情を少し硬くして下を向いた。言おうか言うまいか迷っているようだったが、意を決して倫太郎のほうを見た。

「わしは、あの危急の場でとっさに小宮山信茂のせいにした」

「せいに……した？」

「わぬしの言う通り、もし小宮山信茂の命で袴田が偽装を行っていれば、袴田が責任を被る必要もあるまい。当の信茂は死んでおるのだから。おそらくは……信茂にも内緒で、袴田は偽装に手を染めたのではないかの」

喜兵衛はゆっくり噛んで含めるように言った。

「だから、わしはあえて信茂に罪を被せた。どうせ源泉はあるのじゃ。そうなれば山本様も信次郎様も偽装の件は隠し通すと思うてな……」

それならわからなくはない。偽装に手を染めた事情はわからないが、信茂にも黙って行っていたとすれば二代続けて主人を欺き続けたことになる。そのことが明るみに出るとすれば、あの生真面目な袴田が追い詰められるのも理解できる。それにしても、あの極限状態で、そこまで思考を巡らすことができる喜兵衛はそら恐ろしくもあった。
「まさに……表裏比興の者だな」
のちに真田昌幸となり、戦国一の食わせ者と言われた喜兵衛の代名詞を、思わず倫太郎はつぶやいた。

「表裏比興か。なかなかの褒め言葉じゃな」

喜兵衛はニヤリと笑った。その不敵な笑みは、天下人・徳川家康に二度も苦渋を味わわせた策士のものだった。風格は山本勘助にも匹敵する。

「わぬしに褒められて嬉しいわい」

不敵な笑みは、いつもの喜兵衛の天真爛漫なものにすぐに変わった。そして空を見上げると一瞬、寂しそうな表情を浮かべた。

「そろそろ、お別れじゃ」

「そのようだな」

倫太郎はうなずく。冷たい北風が頬を撫でた。

「**倫太郎。わしみたいな小僧がこう言うのもなんじゃが……**」

まるで蜃気楼《しんきろう》のように喜兵衛の姿が透けて消えてゆく。その中で喜兵衛は倫太郎に語りかけた。

「**倫太郎は倫太郎じゃ。信次郎様にはないもんが倫太郎にはある。信次郎様と比べて己を虚《むな》しゅうするのは、もうやめたほうがいい。わしは……倫太郎といて楽しかったわい！　またいつか会おう!!**」

喜兵衛の最後の言葉は、風の中に消えていった。倫太郎はしばらく、その場に立ち尽くしていた。

11

「よくない状態ですね」

武蔵野にある国立精神医療センターの一室で、理事長である落合茂雄は難しい表情を浮かべた。

「脳波の乱れが大きくなっています」

「そうですか」

武田信次郎は、医療用のベッドに横たわったまま、うなずいた。彼の頭にはいくつもの電極が取り付けられている。

「以前もお話ししましたが、霊というものは科学的には存在しません。一般的には、それが見えるメカニズムとして幻覚が考えられます」

落合は、信次郎についている電極を取り外しながら言った。

「幻覚は睡眠不足、強いストレス、または薬物の摂取から起こりますが、いずれも同じものが安定して見えることはありません。武田さんのように同じ人物が霊として見え続けるということは、幻覚からは起こらない」

「なるほど」

信次郎は身を起こした。

「私は薬物を口にしませんし、睡眠不足もストレスもありません」

落合は電極を取り外す手を止め、少しばかり考え込んだ。そして再び口を開く。

「他に考えられるとしたら、極めて強い自己催眠です」

「自己催眠？」

「強烈な暗示を自身にかけ、本来見えないものを見えるようにすることです」

落合の言葉に、信次郎が黙って耳を傾ける。

「自己催眠が長期にわたって続けば、武田さんがおっしゃるような現象が起こる可能性はあります。一種のマインドコントロールです」

「一つ質問してもいいですか？」

信次郎は落合を見上げた。

「他人と同じ霊……先生のおっしゃるところの〝見えないもの〟を共有することはできますか。同時に同じ体験をするということです」

「科学的にはありえません」

落合は即答した。

信次郎は苦笑しながら首を振った。

「それが、あるのです。やはり科学では証明できない超常現象かもしれません」

信次郎の言葉に落合は、しばらく間を置いてから口を開いた。

「考えにくいですが、……一つ可能性はあります」

「教えてください」

「もし同じように霊のような架空のものを他人と共有することがあるとすれば、その方も同じような強い自己催眠の状態にあり、その状態で互いに相手に催眠をかけているのでしょう。さらに視覚情報、聴覚情報において、その方と武田さんが完全にシンクロしていれば、同じものを見聞きすることは可能かもしれません。ただ、それは奇跡です」

落合は信じられないといった表情のまま話した。

「ちなみに、この状態が続くと、どうなりますか」

「それは、すでに武田さんがお感じになられているはずです。極めて強い脳疲労が起こっています。これが続けば、いずれ精神に影響が生じるでしょう。具体的には鬱状態に陥るなどが考えられます」

「防ぐ手立ては、ありますか」

「自己催眠を解くことです」

「私には自己催眠をかけた記憶がないんですよ」

信次郎は苦笑した。

「その霊というのは、いつから見えるようになりましたか」

「子どものころからです。12歳くらいでしょうか。最初は年に一、二度でしたが、ここ数年は毎日見ます」

落合は難しい顔で腕組みをした。

「同じ霊が見えるという方は、本当にいらっしゃるのですか」

「はい、身内です」

「信じがたいことです」

沈黙が流れる。落合が息を吐く。

「あくまで想像の域を出ませんが……考えられるとすれば、その方が武田さんに強い催眠をかけたのかもしれません」

「なるほど。では、その方に催眠を解いてもらえばいいですか」

「意図的であれば、そういうことになります。しかし意図的でなければ……」

「意図的でなければ？」

「その方の存在が消えないかぎり、催眠を解くのは難しいかもしれません」

「なぜ**武田倫太郎**を**最後**まで**交渉**の**場**に**就**かせなかったのですか」

首都高を新宿方面に走る車中、ハンドルを握る信次郎の隣にはいつものように勘助がいた。

「今回の交渉には、小宮山ホテルの温泉偽装の件を揉み消すという汚れ仕事がありました。それをあの人にさせるわけにはいきません」

信次郎は表情を変えずに答える。

「**信次郎様**は**武田倫太郎**がお**好**きなのですね」

「武田家の嫡流は、あの方です」

信次郎は勘助の言葉を遮るように言った。ほんの少しアクセルを踏み込んだ。

「真田昌幸……いや武藤喜兵衛の件ですが」

「はい」

「こちらが送り込んだこと、気づかれてはいませんね」

「おそらく」

「それならよかった」

「ひと言、申し上げてもよろしいか」

勘助は、その隻眼を細めて信次郎を見た。信次郎は黙ったままハンドルを握る手に力を入れた。

「武田倫太郎は、喜兵衛の霊魂をやすやすと身体に入れ一体化できました。恐るべき霊媒能力です。さらに、あの者には守護霊が憑いておりました」

「守護霊?」

「羽柴秀吉、と名乗っておりました」

「兄さんに最初から憑いていたのですか。気づきませんでした」

「いえ、おそらく最近でしょう。この者、義信様の御子息を助けた、**織田**の**家臣**でござりまする」

「あの豊臣秀吉が、武田の嫡流を……」

勘助は、そっと信次郎の耳元でささやいた。

「**信次郎様**。このまま、あの**者**を**生**かしておけば、いずれ**信次郎様**の**御為**にならず。**私情**を**捨**て、**早**く**処分**されるべきかと」

勘助の言葉に、信次郎は少し間を置いた。

この言葉は山本勘助の霊ではなく、自分の奥底にある願望なのかもしれない。落合との会話が頭の中でリフレインする。

しばしの沈黙のあと、信次郎は口を開いた。

「検討しておきます」

ブックデザイン　吉岡秀典＋及川まどか（セプテンバーカウボーイ）
装画・挿画　西野幸治
校　正　株式会社ぷれす
DTP　髙本和希（有限会社天龍社）
編　集　小元慎吾（サンマーク出版）

眞邊 明人（まなべあきひと） 脚本家／演出家

1968年生まれ。同志社大学文学部卒。大日本印刷、吉本興業を経て独立。独自のコミュニケーションスキルを開発・体系化し、政治家のスピーチ指導や、一部上場企業を中心に年間100本近くのビジネス研修、組織改革プロジェクトに携わる。研修でのビジネスケーススタディを歴史の事象に喩えた話が人気を博す。また、演出家としてテレビ番組のプロデュースの他、演劇、ロック、ダンス、プロレスを融合した「魔界」の脚本、総合演出を務める。尊敬する作家は柴田錬三郎。

もしも豊臣秀吉がコンサルをしたら

2024年6月20日　初版印刷
2024年6月30日　初版発行

著　者　眞邊明人
発行人　黒川精一
発行所　株式会社　サンマーク出版
東京都新宿区北新宿 2 - 21 - 1
（電）03 - 5348 - 7800
印　刷　株式会社暁印刷
製　本　株式会社若林製本工場

ISBN978-4-7631-4143-9　C0030
ホームページ　https://www.sunmark.co.jp